La collection « Azimı
est dirigée par Jean Dumont

À Lucie,
dans
l'espoir que
tu auras
autant de
plaisir à
lire Milenka
que j'en ai eu
à l'écrire.

25.03.19

Milenka

Du même auteur

Les Conquérants, Montréal, Éditions Béluga, 1989.

La Crise mondiale de notre fin de siècle, Montréal, Éditions François de Martigny, 1982.

Le Français, langue internationale, Ottawa, Éditions Le Droit, 1977.

Azimuts | roman

François-Xavier Simard
Milenka

Données de catalogage avant publication (Canada)

Simard, François-Xavier
Milenka
(Azimuts)

ISBN 2-921603-12-8

I. Titre. II. Collection.

PS8587.I42M54 1995   C843' .54   C94-941583-9
PS9587.I42M54 1995
PQ3919.2.S55M54 1995

Dépôt légal — Bibliothèque nationale du Québec, 1995
Bibliothèque nationale du Canada, 1995

Le Conseil régional de développement de l'Outaouais
a aidé à la publication de cet ouvrage.

Révision : Monique Campeau-Gagnon, Denyse Garneau
et Denise Latrémouille

Éditions Vents d'Ouest (1993) Inc.
67, rue Vaudreuil
Hull (Québec)
J8X 2B9
(819) 770-6377

Diffusion : Prologue Inc.
1650, boulevard Lionel-Bertrand
Boisbriand (Québec)
J7H 1N7
Téléphone : (514) 434-0306
Télécopieur : (514) 434-2627

Aimer est un très grand pays,
mais comment l'habiter ?
GILBERT LANGEVIN

Avis au lecteur

Toute ressemblance avec des personnes existantes ou ayant existé ne serait que pure coïncidence.

À maman, à papa, à mes sœurs et frères
qui, chacun à leur manière, m'ont permis de rêver.

Première partie

I

ANNICK ne tenait plus en place.

— Allons, Paul! tu n'as pas l'intention de rester au lit à traîner! Il fait beau soleil. Prépare-toi, on va aux bleuets!

— À cette heure-ci? Au P'tit Brûlé? demanda Paul en s'assoyant sur son lit tout en se frottant les yeux.

— Oui! lança Annick. Debout!

Sans plus attendre, l'adolescente alla préparer le goûter qu'ils emporteraient. Chicoutimi s'éveillait lentement, dans un matin frais et pur. Ils déjeunèrent rapidement et partirent.

Pour se rendre au P'tit Brûlé, il fallait emprunter le sentier abrupt derrière la maison des Dubuc. Situé à la limite de la ville, ce sentier conduisait à un pré d'herbes folles où, lourdes de rosée, les fleurs sauvages penchaient vers le sol. Annick et Paul Dubuc prirent la descente des Bûcherons, chemin qui menait à une petite clairière au milieu des bois.

Ils marchaient depuis un moment. Le ciel était sans nuages. Des branches mortes craquaient sous leurs pas. On entendait des cris d'oiseaux.

– Écoute, murmura Annick, entends-tu ?

Un bruant à gorge blanche. Le *Frédéric* émettait douze notes mélancoliques et cristallines qui composaient une mélodie. Annick l'imita.

– Fais-le encore, demanda Paul.

Annick reprit l'appel du pinson comme son père Rodolphe le lui avait appris, en détachant bien chacune des trois premières syllabes, puis en accélérant pour lancer :

Cachhh' – ton – pic
Fré
dé
ric

Fré
dé
ric

Fré
dé
ric !

Les notes se perdirent comme des gouttes bleues dans le silence du ciel.

– Écoute, Paul !

Le chant du *Frédéric* avait résonné dans le sousbois.

— Sa belle répond ! Ils sont partis se cacher ensemble.

Annick se tourna vers son cousin.

Paul avait les cheveux châtains, les lèvres charnues, les yeux pers. Il était discret, timide encore. Il venait d'avoir quinze ans.

— Ils sont partis se cacher comme des amoureux ensorcelés ! continua Annick.

Puis elle reprit le sentier en criant à Paul :

— Dépêche-toi ! Les bleuets nous attendent !

Paul rejoignit Annick.

— Il y a deux jours, j'ai vu un de tes professeurs...

Elle fit claquer sa main sur son avant-bras. Un maringouin l'avait piquée.

— Il te trouve doué, dit Annick en rejetant le moustique du bout des doigts, mais il croit que tu ne travailles pas assez.

— Tant qu'à y être, il t'a dit aussi que j'avais mauvais caractère ?

— Toi ? Tu as plutôt l'habitude de filer doux, mais il faut se méfier de l'eau qui dort. Milenka dit tout le temps qu'il y a des gens qui ont du caractère, mais qui dissimulent une âme sensible. Elle dit que...

Annick laissa tomber le grand seau vide et se tapa encore sur le bras.

— Les moustiques, eux, ont certainement un sale caractère et ne se gênent pas pour le montrer ! J'ai apporté de l'insecticide, ajouta-t-elle en plongeant la main dans le sac qu'elle portait en bandoulière.

Elle tendit le flacon de *Six-Douze* à Paul.

— Tiens, mets-en sur tes bras. Tu me le passeras ensuite.

Ils reprirent leur marche. À un tournant du sentier, se dressait une grosse pierre ronde couverte de mousse vert émeraude. Un petit, tout petit filet d'eau coulait d'une fissure de la roche. Ils se penchèrent, mains en coupe, pour boire à la source. C'était agréablement frais.

– C'est un bon professeur, Milenka ? demanda Paul.

– Mmmm ! excellente ! fit Annick en s'essuyant la bouche.

Paul aurait aimé suivre lui aussi les cours de danse classique de Milenka Reicha, mais son père n'avait pas voulu. « Le ballet, c'est pour les filles, avait-il dit. J'veux pas d'un fils efféminé. »

Ils repartirent en direction du P'tit Brûlé. Ils débouchèrent bientôt dans le sous-bois où un spectacle saisissant les attendait : une mer de petits points bleus se détachait sur le vert paysage. Annick contempla un instant le tableau, puis se tourna vers son cousin :

– Viens ! On va les ramasser.

Paul, beaucoup moins passionné pour la cueillette, sentait surtout une forte attirance pour sa cousine. À ses yeux, elle était de loin le plus beau fruit du P'tit Brûlé.

Deux ans plus tôt, Annick avait été confiée à la garde de son oncle Godefroy et de sa tante Amélie, les parents de Paul. Godefroy Dubuc ne s'entendait pas avec son frère Rodolphe, mais il avait le sens de la famille et s'était toujours senti un peu responsable de son cadet, qu'il jugeait écervelé. « Si jamais il t'arrivait malheur, lui avait-il promis, je m'occuperai de ta fille comme si elle était la mienne. » Secrètement, Godefroy s'en était toujours voulu de ce qu'il croyait être une prémonition. L'été suivant cette promesse, Rodolphe et sa femme Noëlla étaient morts dans un accident de voiture survenu entre Montréal et Québec.

L'arrivée dans la maison d'une compagne jolie, enjouée, avait enchanté Paul, enfant unique tout comme Annick, ce qui était tout à fait inhabituel dans leur milieu. Annick avait immédiatement pris son jeune cousin sous son aile.

Ils s'agenouillèrent tous les deux pour décrocher les petites baies bleues des arbustes. À mesure qu'ils remplissaient leurs bols de fer-blanc, ils les versaient dans le grand seau d'Annick.

– Tu es trop timide, lui reprochait Annick, accroupie au milieu des talles de bleuets.

Paul ne disait rien.

– Tu es trop timide, insista-t-elle ; trop solitaire, trop renfermé.

– Tu trouves ?

– Un jour, il va falloir que tu sortes de ta coquille, poursuivait Annick en levant ses yeux moqueurs sur Paul. Tu as des qualités, mais tu oublies de les faire valoir. Il faut oser dans la vie !

– Je ne demande pas mieux.

Annick tentait d'attirer l'attention de Paul. Dès qu'il s'éloignait un peu, elle se rapprochait de lui. « As-tu déjà vu des bleuets aussi gros ? » « Viens ici ! As-tu vu comme la talle est belle ? » Paul regarda intensément sa cousine et lança : « Ici aussi, la talle est belle... »

Et il se remit à la tâche.

Vers midi, après une cueillette laborieuse sous les rayons ardents du soleil, Annick, en sueur, s'arrêta.

– Mon Dieu qu'il fait chaud !

Paul était toujours à genoux. Annick s'était mise à secouer délicatement son chemisier du bout des doigts, la tête penchée, en soufflant sur sa poitrine.

– Quelle chaleur! répéta-t-elle en faisant sauter un bouton de sa blouse pour ensuite taper sur sa fesse. Ah! les damnés maringouins!

Elle détacha un autre bouton.

– Même les vêtements les arrêtent pas!

Elle fit tomber rapidement ses jeans, les repoussa du pied.

– Pas besoin de ça!

Dessous, elle portait un short blanc. La masse de cheveux roux et les yeux verts d'Annick exerçaient sur Paul un charme que les dix-sept ans de la jeune fille accentuaient; sa silhouette, sans être encore tout à fait celle d'une femme, avait précisé ses contours.

Paul eut envie de lui dire : « Laisse-moi te prendre dans mes bras. »

Un frisson mêlé de gêne et d'excitation le parcourut et il baissa les yeux, envahi par le sentiment qu'Annick savait ce qu'il pensait, qu'Annick savait qu'il la dévorait du regard. Il puisa une poignée de bleuets dans son bol de fer-blanc et, les broyant nerveusement, avala les baies tièdes et laissa le jus couler doucement dans sa gorge.

Annick vint s'asseoir à côté de lui et déballa le lunch. Les adolescents attaquèrent avec appétit les sandwichs au jambon, aux tomates et à la laitue. Annick les avait délicatement poivrés; la mayonnaise s'était mêlée aux tomates. Le jambon était mou, le pain humide, mais ils trouvèrent le sandwich succulent.

Ils terminèrent leur collation et burent à tour de rôle à même le thermos de limonade qu'Annick avait rempli avant de partir. Puis, la jeune fille se leva pour lisser ses longs cheveux du plat délicat de ses mains. Excité par les courbes et les mouvements d'Annick, Paul s'entendit soudain dire :

— Tu peux pas savoir comme t'as des belles jambes !

C'était la première fois que Paul faisait un compliment à sa cousine et, dans la bouche du garçon, élevé par des parents sévères et puritains, la phrase avait une résonance audacieuse. Mais n'avait-elle pas dit qu'il devait sortir de sa coquille ?

— Tu me vois pourtant tous les jours, dit-elle sur un ton mi-angélique, mi-narquois.

— Oui, mais... pas comme ça avec... avec tes cuisses toutes nues, comme ça...

Annick le fixait sans rien dire. Elle semblait s'amuser. Les vêtements courts étaient interdits chez les Dubuc, même en été. On était au Royaume du Saguenay, en 1964, et les parents de Paul appartenaient à la bourgeoisie catholique, réactionnaire et rigoriste.

Paul toussota, troublé.

— Je ne te vois jamais comme ça, balbutia-t-il encore en lorgnant le mollet de la jeune fille. Tu es si belle !

— Le petit cousin se dégourdit ! s'exclama Annick en avalant elle aussi une poignée de bleuets qu'elle fit rouler sur sa langue.

— C'est bon... Aïe ! encore les maringouins ! Elle se pencha vers son sac, en sortit la bouteille de *Six-Douze* pour la remettre à Paul. Tiens, commence par les cuisses. J'en ai assez de me faire piquer !

Paul s'approcha de la jeune fille qui s'étirait voluptueusement dans le soleil, les bras levés comme si elle voulait toucher le ciel. Il laissa couler un peu d'huile dans sa main.

– Mets-toi à genoux, dit Annick.

Paul tendit une main maladroite vers les longues jambes de sa cousine. Il suspendit son geste... Son cœur battait fort dans sa poitrine.

Annick se pencha vers lui, impatiente.

– Et alors ? Vas-y, qu'est-ce que t'attends ?

– Je n'ose pas te toucher. C'est... c'est péché.

– Veux-tu bien cesser tes simagrées ! Les maringouins sont en train de me dévorer.

Paul rapprocha la main jusqu'à toucher le mollet de sa cousine et commença à appliquer l'huile lentement.

– Plus haut, murmura Annick.

D'une main hésitante encore, Paul effleura la cuisse, atteignit l'aine.

– Frotte un peu en-dessous... Ils piquent aussi sous le short, tu sais.

Le visage fiévreux, Paul se redressa gauchement et, tout d'un coup, enveloppa de ses bras la taille de la nymphette. Il la tint ainsi serrée très fort contre lui, éperdu, le cœur battant.

Annick avait nonchalamment laissé retomber ses bras sur les épaules de son cousin.

– Enlève-moi mon short, ordonna-t-elle.

– Tu veux que... que... j'te l'enlève ?

– Enlève-moi ça, je te dis !

Le garçon baissa les yeux, comme pris en défaut.

Il n'osait plus bouger, le sang lui battait les tempes, ses mains tremblaient, ses mains qui étaient toujours posées sur les hanches d'Annick.

– Comme ça ! fit Annick en repoussant Paul qui recula d'un pas.

Elle détacha prestement son short, le fit tomber et le retira agilement en le glissant sous ses pieds.

– Et comme ça, répéta-t-elle, en virevoltant et en envoyant valser le short.

– Comme ça ! Comme ça ! Comme ça ! chantonna-t-elle, alors qu'un vol d'hirondelles tournoya dans l'air limpide.

Annick esquissa quelques pas de danse et revint se coller contre son cousin.

– Caresse-moi ! commanda-t-elle.

– J'sais pas comment.

Paul n'eut pas le temps d'en dire plus. Annick l'avait entraîné sur le sol herbeux. Ils étaient allongés près d'un bosquet qui leur faisait un peu d'ombre.

Paul avait la gorge serrée. Il retint son souffle, frissonnant, tandis que la langue d'Annick glissait contre sa joue. Un plaisir obscur, pressant, l'envahit. Les halètements des deux cousins se mêlaient au croassement des corneilles qui s'approchaient bruyamment du sous-bois. Paul se tendit en tremblant de tout son corps, ferma les yeux, gémit longuement. Il sentit les cheveux d'Annick glisser sur son ventre comme des fils de soie. Paul arqua les reins, englouti dans un univers encore inimaginé, un monde bouleversant et étonnant fait d'haleines, de tendresse, de joie.

Puis il sombra dans un cocon invisible, indiciblement doux.

Les adolescents gisaient au creux de la verdure ombrée. Immobiles comme si le monde avait basculé sous eux, comme si la terre s'était mise à tourner sur elle-même avec une lenteur excessive. Tout avait été si soudain. Si irrésistible.

Annick rouvrit les yeux. Son regard se perdit dans les nuages blancs qui pendaient maintenant comme des jupons de coton dans le ciel. Un éclat de voix arracha Paul à son demi-sommeil. Annick se tenait debout au-dessus de lui, immense.

– Je me rhabille et nous partons !

Elle avait déjà enfilé son short et ses jeans. S'emparant du seau de bleuets, elle se dirigea vivement vers la descente des Bûcherons.

Paul chancela dans la chaleur d'août. Il se frotta les yeux comme il l'avait fait le matin même quand Annick était venue le chercher.

Il ne comprenait pas. En titubant, il pressa le pas pour la rejoindre.

Couverts de brindilles et de pollen, ils marchaient sur le chemin du retour. Leur seau pesait lourd dans le silence. Après avoir descendu la route escarpée qui menait à la ville, elle abandonna les bleuets à Paul. Il lui fut reconnaissant de lui laisser l'honneur de porter le trophée à ses parents. De ses fins doigts, Annick en avait cueilli au moins les trois quarts.

II

LES JOURS SUIVANTS, Annick se montra distante. Paul n'arrivait pas à lui demander pourquoi. Il revivait en imagination leur aventure au P'tit Brûlé. Le soir, il avait du mal à s'endormir. Il se tournait et se retournait sans cesse dans son lit. Quand Annick était absente, il entrait furtivement dans sa chambre et, déplaçant les livres épars sur son lit, palpait ses draps, ses vêtements, humait son parfum.

Annick avait rapporté des piles de livres de chez son père libraire. Les étagères de sa chambre en étaient pleines. Il en traînait toujours deux ou trois ouverts, par terre ou sur la commode. Des recueils de poèmes, pour la plupart. Marie Noël, Jacques Prévert, Pablo Neruda. Paul en lisait hâtivement quelques passages, emportant en secret des mots qui dansaient dans sa tête et dont il aimait la sonorité même s'il n'y comprenait pas grand-chose. Il aurait voulu entrer dans son monde. Elle aimait la musique, la peinture — la danse surtout la passionnait. Jusqu'à la mort de ses parents, Annick avait grandi à Québec dans un climat beaucoup plus libre que celui de Paul.

C'était par devoir que Godefroy avait adopté sa nièce. Certainement pas parce qu'il aimait Rodolphe, trop peu respectueux de la religion catholique, et qui avait légué à sa fille son goût de l'anarchie.

Godefroy Dubuc, ingénieur électricien, avait occupé des postes importants à l'Alcan et à la Compagnie Électrique du Saguenay avant la nationalisation des compagnies d'électricité, époque de transition difficile dont il s'était assez bien tiré. Homme de procédures et de règlements, le fonctionnaire fonctionnait bien.

De taille moyenne, mais noueux, ramassé et robuste, Godefroy avait les yeux bruns, surmontés de sourcils fournis et broussailleux. Jardinier dans l'âme, il aimait cultiver les fleurs et apportait un soin jaloux à ses rosiers. Il n'était pas peu fier de son érable japonais dont les feuilles pourpres retenaient le regard et de ses deux oliviers de Sibérie, les seuls de toute la ville. On le voyait, binette à la main, faire la chasse aux mauvaises herbes des heures durant et niveler ses plates-bandes. Pour créer de l'ombre et de la fraîcheur, il avait construit près de la maison une pergola où les clématites côtoyaient les belles-de-jour. Avec l'aide plus ou moins volontaire de Paul, il avait planté quelques arbres fruitiers. Comme partout, il entendait régner sur le jardin en maître incontesté ; il avait l'œil à tout et s'époumonait à prêcher à son fils les vertus de l'ordre et de la minutie.

Autant Godefroy était raide, dominateur, autant son frère Rodolphe avait été charmeur et brillant en société. Si l'ingénieur se contentait de son diplôme de l'Université Laval, son frère, lui, était curieux de nature et dédaigneux des titres. Il avait abandonné ses études de droit et, amoureux des livres, s'était toujours senti comme un poisson dans l'eau dans sa librairie. Il écrivait en un français suranné des poèmes qu'il publiait à compte d'auteur, des essais en anglais qui paraissaient parfois dans des revues américaines, de petits récits libertins qu'il faisait circuler sous le manteau pour boucler ses fins de mois. Il avait aussi réuni quelques pièces de collection : une des premières gouaches de Borduas, à laquelle il était très attaché, des tableaux d'Alfred Pellan et de Marc-Aurèle Fortin.

Le père de Paul, lui, considérait la profession de libraire *tout juste bonne pour nourrir son âne et son chat.* Rodolphe rétorquait : « C'est vrai, je n'ai pas vécu riche, mais j'ai toujours fait ce que je voulais et ce que j'aimais dans la vie ! J'ai aimé Noëlla et je l'aime plus que jamais ; j'ai une fille merveilleuse, que j'adore et qui me le rend bien. Je suis un homme heureux. Peux-tu te vanter de profiter de la vie autant que moi ? »

Comme tous ceux qui se sont astreints à une morale contraignante, Godefroy détestait la liberté d'esprit de son frère. « La liberté, ce péché d'orgueil ! » Il traitait Rodolphe de rêveur, lui reprochait son manque de sens pratique. Celui-ci réagissait par la raillerie, sachant qu'elle avait le don d'exaspérer Godefroy. Il se plaisait à répéter : « Dieu a inventé l'humour ; le Diable, pour ne pas être en reste, a inventé le drame et a choisi Godefroy Dubuc comme allié. »

Les deux frères s'affrontaient souvent à table quand Rodolphe, accompagné de Noëlla et d'Annick, venait à Chicoutimi rendre visite à la famille.

Le thème du « bouillon », entre autres, était devenu un classique.

Amélie faisait un bouillon de poulet particulièrement exquis. Tout le monde lui demandait sa recette, que personne ne parvenait à imiter tout à fait. Quand Amélie servait la soupe, Rodolphe prenait un ton solennel pour parler de « l'illustre chevalier Godefroi de Bouillon, réincarné à l'envers dans ce coin du Québec, en *Bouillon de God Froid*, ainsi nommé parce qu'il est triste comme le Diable et froid comme *God* et qu'il se met à bouillonner dès qu'on en mentionne le nom ».

Rodolphe modifiait un peu la tirade à chaque visite, mais le thème central demeurait et la blague marchait chaque fois. Godefroy enrageait. Chaque fois, Godefroi de Bouillon devenait *Bouillon de God Froid*, capable de refroidir les meilleurs plats chauds, ou *Bouillonnant God Froid*, croyant servir Dieu mais servant le Diable, drapé dans sa vertu mais prisonnier de sa hargne et de son obsession du péché, le dimanche comme la semaine.

– Arrête ! aboyait Godefroy.

– Tu bouillonnes pour compenser le froid de ton *God*, lançait Rodolphe qui se tordait de rire.

– Cesse de blasphémer ! Tu te prends pour qui avec tes mauvais jeux de mots et ta prétendue culture ? tonnait l'aîné. C'est tout ce que tu apprends dans tes livres, démon ? Tout ce que tu sais ne sert à rien ! Tu n'es bon qu'à faire étalage de ta pseudo-érudition. C'est de l'orgueil, m'entends-tu ? Tu es un orgueilleux, possédé par Lucifer ! Des mots ! Rien que des mots !

— Rien que des mots ? La puissance de tes turbines hydroélectriques pâlit à côté de l'énergie produite par mes jeux de mots ! Au moins, moi, je mets de l'animation ici d'dans. C'est encore mieux que de te voir ronger ton frein, les yeux rivés sur le bouillon que tu laisses refroidir dans ton bol !

— Assez ! hurlait Godefroy, du bouillon sur les lèvres.

Dans ces moments de tension entre les deux hommes, Paul enviait Annick d'avoir un père aussi pittoresque. L'oncle Rodolphe était certainement irrévérencieux, mais il était enjoué, si plein de vie. De plus en plus, Paul souffrait de la morosité et du caractère moralisateur de son père. Il lui en voulait de sa froideur alors qu'il aurait tant aimé entretenir avec lui cette complicité qu'engendre le rire. Il tâchait de chasser les images déplaisantes qui, comme de lourds nuages, s'amoncelaient dans un ciel menaçant.

Paul, obsédé par Annick, traînassait dans la maison. À table, il chipotait et semblait revenir de très loin quand on lui adressait la parole.

— Qu'est-ce qui t'arrive, mon Paul ? s'inquiétait Amélie. Je te trouve pas dans ton assiette. Es-tu malade ?

— Mais non, je me sens bien, maman. Tu t'en fais pour rien.

— Toi, j'ai l'impression que tu me caches quelque chose.

Retrouver Annick ! Paul n'avait que cette idée en tête. Il essayait de se consoler de la subite indifférence de sa cousine — ou de sa sœur, comme il disait à ses amis — en pensant qu'il faisait maintenant partie du cercle des initiés. Ses compagnons se vantaient, mais il savait que leurs expériences se réduisaient à des attouchements furtifs quand ce n'était pas tout bêtement des rêveries sentimentales. Les filles auraient toujours ce côté mystérieux que les garçons ne parvenaient pas à percer. Lui, Paul, avait déjà goûté au vrai fruit. Était-ce ça l'amour dont l'oncle Rodolphe parlait quand il évoquait des « jardins embaumés de plaisirs » ? Paul ressassait, comme une mélodie apaisante, le poème de Ronsard que son oncle lui citait quand il l'amenait autrefois dans ses promenades, le long du Saguenay :

Maîtresse, embrasse-moi, baise-moi, serre-moi
Haleine contre haleine, échauffe-moi la vie
Mille et mille baisers, donne-moi, je t'en prie
Amour veut tout sans nombre. Amour n'a point de loi.

Un soir après souper, Annick fit irruption au sous-sol où Paul s'était aménagé un refuge.

– Je voudrais te voir dans ma chambre, souffla-t-elle en remontant aussitôt.

Surpris, Paul resta un moment interdit, la gorge nouée par l'émotion. Il n'arrivait pas à y croire : Annick lui avait de nouveau parlé.

La perspective d'un tête-à-tête effaçait d'un coup le sentiment de frustration et de solitude laissé en lui par l'inexplicable froideur d'Annick. Pourrait-il encore l'embrasser, la toucher ? Aller plus loin que la première fois ? Ça pouvait être quoi, « plus loin » ?

Paul courut s'asperger le visage, se brosser les dents, puis grimpa les marches quatre à quatre. Il frappa contre la porte entrebâillée de la chambre.

– Entre, dit Annick.

Paul poussa la porte, puis la referma silencieusement derrière lui. Devant la glace, la jeune fille relevait ses cheveux pour en faire une queue de cheval.

– J'ai quelque chose à te dire, fit-elle d'un air mystérieux.

Fier que son aînée voulût le prendre pour confident, Paul se rengorgea. Revivant, comme cela lui était arrivé si souvent depuis plusieurs jours, leur aventure au P'tit Brûlé, il pensait : « Elle me désire peut-être encore. »

– Je veux te parler de Milenka.

Il circulait bien des ragots au sujet de celle-ci. Un camarade de classe avait dit à Paul : « J'ai vu Annick avec son professeur de danse, celle qui se promène dans la Triumph rouge. Paraît qu'elle est divorcée, paraît même qu'elle a eu plusieurs maris… »

Dans la petite ville conformiste qu'était Chicoutimi, à l'aube de la Révolution tranquille, la ballerine originaire d'Europe de l'Est était vue comme une excentrique. Pire, une menace.

Déjà que les bien-pensants toléraient à peine la petite intelligentsia qui, bousculant les habitudes séculaires, cherchait à sortir le Saguenay de son isolement. Un groupe d'érudits ou d'artistes voulaient prouver que leur royaume saurait résister à toute poussée assimilatrice et que seule la culture leur permettrait d'affirmer leurs particularismes, d'établir leur hégémonie. Pour eux, il ne s'agissait plus de subir l'histoire, à l'instar de leurs ancêtres colonisateurs, mais de la faire. Tout devenait prétexte à la création artistique.

Ce mouvement mit la bonne ville en effervescence. L'originalité et l'extravagance de Georges Larouche étaient devenues légendaires à Val-Menaud, centre culturel que le notaire-poète avait fondé dans l'arrière-pays. Passe encore qu'un original comme Arthur Villeneuve, le peintre-barbier, peigne les murs de sa maison, mais qu'on exhibe en plein cœur de Chicoutimi la *Fée des bois*, sculpture en aluminium d'une femme nue, il y avait de quoi crier au scandale ! Les Chicoutimiens de vieille souche n'étaient pas au bout de leurs surprises : les architectes même, se mettant de la partie, rivalisaient d'audace. La magnificence des styles victorien et Second Empire, qui donnaient toute leur noblesse au séminaire et au palais épiscopal, céda la place au modernisme d'églises en forme d'octogone ou d'hexagone, censées refléter le renouveau liturgique. Pas surprenant qu'on n'y dise plus la messe en latin !

Méconnus dans leur milieu, sinon méprisés, les artistes quittaient assez vite le pays natal. Certains, qui réussissaient à Montréal, se faisaient un nom dans la région. Mais, dans l'ensemble, le fait de n'être ni de religion catholique ni Québécois pure laine, ou simplement de venir d'ailleurs, faisait de vous un métèque, un marginal : le bouc émissaire idéal.

Milenka répondait en tous points à la marginale type : un physique à part, portant les cheveux courts, coiffés à la garçonne, parlant avec un fort accent de Bohême, conduisant une auto sport rouge ! On disait d'elle qu'elle avait vécu un peu partout : à Paris, à Londres, à Barcelone, à New York. On ne savait pas pourquoi elle avait fini par élire domicile au Saguenay. Peut-être à cause d'une peine d'amour. Ou pour fuir un scandale. Une poignée de Chicoutimiennes, subjuguées par la danse classique par intérêt réel ou par snobisme, s'étaient empressées de l'embaucher pour préparer les futures élèves de l'Académie de ballet du Saguenay. Milenka Reicha promenait partout un corps souple, provocant, un corps moulé dans des robes osées, courtes, transparentes ou abondamment décolletées, toujours suggestives, et elle le faisait avec une assurance à couper le souffle.

Elle n'allait jamais à la messe non plus.

Bref, Milenka détonnait, même si les mœurs évoluaient vite au Québec. Il était surprenant que Godefroy ait accepté que sa fille adoptive suivît les cours de ballet de la Tchèque.

Annick parlait de Milenka à Paul avec beaucoup d'enthousiasme.

– On n'a jamais vu un professeur de ballet aussi compétent à Chicoutimi. On est devenues amies. Très amies. Mais, tu sais, je ne peux en parler à personne, sauf à toi.

– Tu l'aimes beaucoup ?

– Oui, je l'aime, et Milenka m'aime aussi, répondit Annick, les yeux brillants. Je n'ai jamais rencontré quelqu'un d'aussi extraordinaire. Je sors parfois avec elle le soir. Elle me prête des livres, des disques. Des vêtements. Des bijoux.

– On raconte toutes sortes de choses sur elle au séminaire.

– Je me fous de ce qu'on raconte. Rien ni personne ne m'empêchera de l'aimer. Je ne sais pas si tu comprends, mais j'avais besoin d'en parler. Garde ce secret pour toi, veux-tu, à cause des mauvaises langues et à cause de ton père.

Cette demande rendit Paul perplexe.

– Tu peux compter sur moi, finit-il par dire.

Annick vint rejoindre son cousin, assis au pied du lit.

– Un jour, je vais te la présenter.

– J'aimerais ça.

– Tu ne diras rien, promis ? insista Annick.

– Tu as ma parole.

– Tu es gentil, dit Annick en quittant la pièce prestement.

Paul n'osa pas la suivre. « Elle s'est levée comme au P'tit Brûlé », pensa-t-il.

Il redescendit dans sa chambre, flatté que sa cousine lui eût confié ses pensées intimes mais déçu que rien d'autre ne se soit passé. Mal à son aise, Paul aurait voulu être Milenka, celle qui lui volait Annick. Ou être Annick. Ou être à la fois Milenka Reicha et Annick Dubuc.

Il secoua la tête, rêveur.

Deux jours plus tard, Annick revint trouver Paul.

– J'ai un service à te demander. Je devais voir Milenka, mais j'avais oublié mon cours de piano. Je pars tout de suite, je suis en retard. Pourrais-tu l'appeler de ma part pour lui dire que je ne peux pas y aller ?

– Bien sûr, fit Paul, surpris.

Il pensa : « Encore Milenka ! »

– Voici son numéro de téléphone. Appelle-la vite !

Annick déposa un baiser sur la joue de Paul et sortit en coup de vent.

Paul se retrouva seul, un bout de papier à la main. Une odeur de muguet flottait dans la chambre bleue :

le parfum d'Annick. L'adolescent s'approcha de la fenêtre d'où l'on apercevait à travers les arbres, au Pied-du-Cap, la maison au toit pointu où Milenka habitait. Avec son mystère. Joyeuses, les feuilles des peupliers dansaient dans la brise.

Pourquoi téléphoner ? Pourquoi n'irait-il pas porter lui-même le message ? Il trouverait l'étrangère dans son cadre. Elle l'inviterait à entrer. Il pourrait la voir en personne, l'observer. Lui aussi, il pourrait la voler un peu à Annick. La maison du Pied-du-Cap le fascinait comme un joyau. Il sentit croître en lui une joie secrète. Oui, il irait chez la ballerine.

L'après-midi était avancé. Paul s'engageait d'un pas vif dans l'allée.

— Ne t'éloigne pas trop, lui lança Amélie, à genoux dans les rangs du potager.

Paul ne répondit pas.

— Viens donc m'aider à « hébéter » les patates ! C'est plein de choux de Siam, aussi, à ramasser.

Elle s'essuya le front. Paul poursuivit son chemin sans se retourner. Sa mère le regarda aller, surprise de sa hâte, puis elle haussa les épaules.

Paul pressa le pas, les yeux rivés sur le Pied-du-Cap.

Il n'entendit pas d'abord l'interpellation. Une douleur aiguë le fit tressaillir. Paul s'arrêta en portant la main à l'épaule.

Il les aperçut. Ils étaient là. Tout proches. Derrière lui. Paul les connaissait. Ils étaient sept ou huit. La bande à Timé. Des gars de l'école publique. Ils étaient armés de bâtons. L'un d'eux lui lança une pierre. Paul se baissa. C'était probablement le même garnement qui l'avait atteint à l'épaule. Le projectile lui siffla à l'oreille.

– Hé, toé ! Tu réponds pas quand on t'parle !

C'était Timé. Les cheveux gras, les jeans déchirés, il portait un tee-shirt maculé, avec ELVIS PRESLEY écrit en grosses lettres rouges. Les autres le suivaient en balançant leur bâton.

– Je ne vous ai pas entendus, dit Paul, la voix mal assurée. Je m'excuse...

Timé, hilare, contemplait Paul.

– Ousque tu t'en vas, d'même ?

– Nulle part, je me balade.

– Y parle-tu assez ben pour toé, lui, crisse !

La bande ricanait.

– « Je me balade... » Où c'est qu't'as appris à parler *fancy* d'même ?

– C'est... C'est pas de ma faute. J'ai... j'ai appris comme ça...

– Y a personne qui parle comme ça icitte ! Ça doit être une vache qui t'a montré à parler d'même, cria Timé.

– Une vache espagnole !

– Une vache en soutane ! Une vache de sacristie ! scanda encore un autre.

Timé se rapprochait toujours de Paul. La bande suivait. Paul reculait.

– Pourquoi qu'tu nous l'dis pas qui c'est qui t'a montré à parler d'même ? lança Timé. Tu parles comme un dentier. Y en a qui ont des dents rapportées. Lui, c'est une langue rapportée...

– Y doit avoir d'la misère à mordre d'la viande, se moqua l'un des plus petits. C'est pas capable de parler comme tout l'monde.

Les gars de la bande, Timé en tête, marchaient vers Paul, gagnaient du terrain.

– Y doit sucer drôle avec une langue de même ! dit le grand Maurice, l'« adjoint » de Timé.

– Ta gueule ! ordonna Timé. C'est pas fin, dire ça à un séminariste. C'est d'même, les séminaristes. C'est riche, pis c'est fefi !

Son regard était noir, haineux

– Y nous snobe, y s'prend pour un autre ! cria Timé d'une voix rageuse qui terrifia Paul.

Timé avança encore d'un pas. Il était à quelques pouces de Paul. Se retournant soudain, Paul tenta de s'enfuir. Une main l'agrippa par le collet, un élancement lui brûla la tempe, il reçut un autre coup sur la bouche et roula sur l'asphalte.

– Je l'ai eu, les gars ! cria le chef de la bande, je l'ai eu su'a gueule !

Rassemblant son énergie, Paul se releva péniblement, s'éloigna à reculons. Il entendit un des voyous gronder : « Depuis l'temps qu'y nous écœure avec son français rapporté ! »

Paul prit ses jambes à son cou.

Il arrêta au bord de la rivière, épuisé, la lèvre tuméfiée, les joues en feu. Il s'étendit sur les galets pour reprendre ses esprits et fondit en larmes. Il sanglota durant de longues minutes, nerveusement.

Il se calma peu à peu en regardant couler le Saguenay. Les flots tranquilles l'apaisaient. C'était comme si l'immense rivière avait pris toute la place dans son esprit.

Sur l'autre rive, se dressait le centre-ville : la cathédrale Saint-François-Xavier, qui trônait à côté des réservoirs géants d'Esso et de Shell, le Palais de Justice, l'Hôtel-Dieu Saint-Vallier, les hauts talus herbeux du quartier Murdoch.

Paul resta silencieux, songeur. Cette aventure l'avait démonté. Il se sentait diminué, humilié par les insultes et les coups qu'il avait reçus. Ses reins fourbus criaient vengeance. Il pensa combien il aurait été plus facile de téléphoner, comme Annick le lui avait demandé. Il ramassa des cailloux plats et s'amusa à les faire ricocher sur la surface de l'eau.

Il abandonna bientôt ce délassement et tourna la tête vers la maison blottie en retrait du prodigieux cap dans une douillette de conifères. Les fenêtres étaient éclairées. Il épousseta sa chemise et son pantalon. Il contempla les lumières du pavillon, oubliant les coups, les gars de la bande à Timé, son humiliation. Sans s'en apercevoir, il s'était déjà éloigné du rivage et marchait vers la demeure de la danseuse. La maison grandit devant lui. Puis, il longea la clôture de perches délabrée qui entourait la propriété, avec le sentiment qu'en pénétrant dans l'intimité de cette femme, il ne serait plus jamais le même. Sous l'éclairage d'une ampoule bleue : MILENKA REICHA se détachait, en lettres noires sur le bois.

Il franchit timidement l'entrée et avança vers le balcon. Il s'arrêta devant l'escalier. Puis il posa un pied sur la première marche. Le bois craqua. Il monta l'escalier sur la pointe des pieds. Le cœur serré, comme un voleur prêt à accomplir son forfait, il écrasa du doigt le bouton de la sonnette.

L'écho en trois temps du grelot moqueur précipita Paul dans une folle angoisse.

III

— PAUL n'est pas revenu ? demanda le père
en pénétrant dans la cuisine.

Il y avait déjà une heure que Godefroy Dubuc était
rentré du bureau. Comme d'habitude, il était revenu à
pied par le pont de Sainte-Anne. « J'ai fait ma marche
de santé », se plaisait-il à répéter tous les jours. Sa promenade quotidienne était sacrée. Comme bien des
gens « qui travaillent de la tête », il aimait la marche,
qu'il pratiquait autant par hygiène que pour son plaisir. Cela lui avait valu de rester mince malgré son pen-
chant pour les sucreries.

— Pas encore, répondit Amélie en s'activant
autour du poêle. Ça ne devrait pas tarder, il est sorti
faire un tour.

Le ton du père se fit plus dur.

– Il va falloir que je lui donne une autre correction, dit-il en serrant le poing. Il devrait déjà être ici. C'est la rentrée scolaire demain.

Godefroy jeta un regard furtif vers la fenêtre de la cuisine.

– Ne sois pas si dur avec lui, dit Amélie.

– Si je ne le plie pas à ma volonté, il finira par faire des bêtises.

– Tu n'es pas obligé de le battre. C'est si fatigant ces scènes continuelles entre vous.

– Toi, je sais, tu prends toujours sa défense.

L'ingénieur-électricien ne plaisantait pas avec la discipline. Un matin, il n'avait pas hésité à congédier, après deux avertissements, une secrétaire qui s'était présentée au bureau en robe à manches courtes. Il avait une réputation ; il était directeur. Il avait des responsabilités. Il avait l'habitude d'être obéi.

Lorsqu'il présidait des réunions, il le faisait avec minutie et solennité. Il avait le sens du décorum. Il paraissait un peu mal à l'aise, au début, face aux regards scrutateurs et ironiques de ses nombreux subordonnés. Il ajustait ses lunettes, jetait un œil inquiet sur l'auditoire et commençait sa harangue sur la soumission aux autorités, la propreté des bureaux, l'importance de suivre à la lettre ses cinquante-deux circulaires de l'année, s'étendait sur les soins à prodiguer aux véhicules de l'entreprise... tandis que les employés riaient sous cape. Godefroy s'en apercevait, ce qui l'irritait et lui faisait monter le sang à la figure.

La dernière fois qu'il avait corrigé son fils à coups de ceinture sur les paumes, Paul n'avait pas bronché. Il n'avait pas versé une larme. Godefroy n'avait pu lui arracher un cri, même si pendant deux jours la douleur empêcha son fils de tenir un crayon. C'était Amélie qui avait pleuré. C'était agaçant.

Le père marchait de long en large.

– Il doit nous obéir! Ce n'est pas une pension ici. Tu n'es pas sa servante et je ne suis pas à son service, moi non plus. Où peut-il bien être ?

– Je ne sais pas, murmura Amélie. Il est peut-être allé voir le *Tadoussac*. Il doit être en chemin vers la maison.

– Vaudrait mieux pour lui.

– C'est ton fils unique, protesta Amélie en remuant les casseroles.

– C'est qui le maître ici ? cria Godefroy.

– C'est toi, Godefroy, c'est toi, c'est sûr, mais...

– Mais quoi! Il n'y a pas de « mais » !

Milenka parut dans un halo de lumière douce et tamisée. Grande, athlétique, elle rejeta la tête en arrière pour déplacer la mèche de cheveux d'un blond presque blanc qui lui tombait sur le front. Il se dégageait d'elle quelque chose de félin, de singulier, de différent. Ses yeux bleus fixèrent l'intrus avec une pointe d'impatience.

– Oui ?

– Euh... excusez-moi d'arriver ainsi, balbutia Paul.

L'adolescent restait figé sur le seuil de la porte, les bras ballants.

La sonnerie du téléphone retentit. La danseuse fit demi-tour en lançant : « Entrez, voyons, ne restez pas là ! »

– Allô ? Oui, oui... Non, tu ne me déranges pas.

Tout en parlant, Milenka caressait le flanc noir de l'appareil qui reposait sur un guéridon dans le corridor. Paul fit quelques pas dans le vestibule, les jambes lourdes, comme si on les lui avait coulées dans le ciment.

– Ça va bien, Barbara. Et toi ?

Paul traversa le corridor pour échapper aux regards que Milenka lui jetait de temps en temps. Il s'aventura dans une pièce sur la droite.

L'éclairage roussâtre donnait au salon un cachet particulier. Intime. La grande baie vitrée reflétait un paravent orné de motifs japonais, installé dans un angle de la pièce pour dissimuler le lit. Sur une table en chêne qui servait de secrétaire, un cendrier débordait de mégots. Une demi-douzaine d'étagères remplies pêle-mêle de volumes aux reliures luxueuses, de colonnes de livres de poche, de disques anciens, de papiers de toutes sortes flanquaient le foyer. À côté de la collection de ballerines de porcelaine, une boîte entrouverte contenait des piles de photos. Paul aperçut un livre au dos duquel figurait un titre aux caractères indéchiffrables.

Jamais Paul n'avait vu un tel capharnaüm.

Il pensa à sa mère ; ce fourbi lui aurait arraché des cris d'indignation. Amélie se fendait en quatre pour tout rendre impeccable selon la maxime : « Une place pour chaque chose et chaque chose à sa place. » Tout reluisait de propreté dans la grande cuisine tenant lieu de salle à manger. Son mari n'était ni un bûcheron ni un habitant, c'était un professionnel, et son fils étudiait au séminaire, pas à l'école publique.

Milenka était toujours au téléphone. Paul prêtait l'oreille, mais ne parvenait pas à saisir la conversation. Il continuait à penser à la maison paternelle. Elle comptait quatre chambres, celle des amis étant la plus spacieuse, la mieux éclairée et la moins fréquentée. Paul avait insisté pour s'installer à son goût au sous-sol, dans une petite pièce qu'il avait peinte en bleu et dont les fenêtres donnaient sur le Saguenay. Le décor familial était rigide, austère comme son père, et ordonné, vertueux comme sa mère. Le poêle et la machine à laver côtoyaient le poêle à bois archaïque, qui servait aussi à la cuisson du pain de ménage. Une armoire contenait tous les numéros du *Bulletin des agriculteurs* et une encyclopédie pétrifiée de désuétude et de désœuvrement, mais régulièrement dépoussiérée.

Tout était si brillant et si propre dans la cuisine que des visiteurs auraient pu se demander si les occupants avaient la permission d'y manger. Le salon était interdit aux enfants, sauf pour les exercices de piano quotidiens d'Annick, les réunions familiales des Fêtes et la visite paroissiale du curé Nérond. Amélie recouvrait le mobilier de jetés tissés par elle pour qu'on puisse le transmettre intact à la postérité. Le calendrier papal tenait la place d'honneur. Un tableau exotique exécuté par Annick, inspiré d'une image offerte par un rédemptoriste de passage, complétait l'ensemble. Le tableau représentait des Noires aux seins nus, souriantes, déambulant à l'ombre de palmiers. La directrice du couvent disait d'Annick qu'elle avait du talent et qu'il fallait l'encourager. N'eût été cette opinion, Godefroy aurait détruit la toile ou l'aurait reléguée au grenier. Durant la Semaine Sainte, il la couvrait pudiquement d'un voile bleu, couleur de la Vierge Marie. Il aurait préféré une cabane à sucre ou une peinture de Charles Huot. C'était plus catholique, disait-il, plus de chez nous.

Les accents inhabituels et un peu rauques de la voix de Milenka que Paul entendait par bribes éveillaient sa curiosité. Les senteurs de ce salon ajoutaient à son dépaysement. Dans les maisons de la parenté se mêlaient des relents d'étable, de pipe ou de lait suri. Des odeurs inimaginables dans la maison d'Amélie, où toutes les pièces, régulièrement aseptisées, sentaient l'eau de Javel.

Dans le salon de Milenka, flottait une odeur de cigarette et de cuir, mais il y dominait un parfum indéfinissable, sauvage et capiteux qui semblait émaner de chaque objet. « Le parfum d'une vraie femme ! », pensa Paul.

— C'est promis, Barbara. Je te rappelle plus tard.

Milenka apparut dans l'embrasure de la porte du salon. Paul s'arracha à sa rêverie.

— Excusez-moi, jeune homme. Comment vous appelez-vous ?

— Paul Dubuc, répondit-il en toussotant un peu pour s'éclaircir la voix.

— Mettez-vous à l'aise, Paul, asseyez-vous.

Paul s'exécuta, gauchement. Milenka s'installa dans un fauteuil en face de lui, les jambes croisées sous son ample jupe marron, attendant qu'il voulût bien lui expliquer la raison de cette visite impromptue.

— Je vois que mon atelier vous plaît.

— Euh… bredouilla Paul.

Milenka sourit.

– Je sais, je sais, fit-elle, en montrant d'un geste théâtral le fouillis du salon. Un joyeux désordre !

Elle se leva et actionna la chaîne stéréo. Si c'est pour suivre des cours de ballet, je préfère...

– Mon père ne veut pas, dit Paul, mal à l'aise.

– Ça ne m'étonne pas. C'est comme ça, ici...

Une voix langoureuse, profonde, aux sonorités riches, envahit la pièce. Un *blues*.

Chambre d'amour, une clef sur la porte,
Le désordre d'un lit où tu me semblais morte,
Toi partie, j'y allais rêver le jour,
C'était, te rappelles-tu, notre chambre d'amour.

Paul se sentait transporté dans un autre monde. Cette musique de *blues*, les paroles de la chanson qu'il ne connaissait pas, cette femme entourée d'objets insolites et dont chaque mot, chaque mouvement étaient chargés d'un irrésistible magnétisme l'envoûtaient.

– Alors, on vient me voir pour quelque chose de précis ?

– Oui, Madame, je...

– Allons, détendez-vous, vous n'êtes pas chez la fée Carabosse.

– Ma cousine ne pourra pas venir ce soir. Annick...

– Ça alors, quelle surprise ! Le cousin d'Annick !

Elle s'avança vers Paul en lui tendant une main chaude, vigoureuse. Le falbala de sa jupe l'avait effleuré et les joues de l'adolescent s'étaient empourprées. Milenka l'entraîna vers les fenêtres panoramiques. Sur l'autre rive, on apercevait les réservoirs à essence que des cargos venaient régulièrement alimenter.

La nuit était tombée.

– Chicoutimi... C'est beau. C'est isolé. J'ai toujours aimé les villes, le soir. C'est impressionnant, même les petites villes... Ici, c'est mon refuge.

Paul sentait près de sa joue le souffle lent de Milenka.

– Les gens pensent que vous vous cachez ici, Madame, dit-il en regardant les lumières de la ville.

– Appelez-moi Milenka, Paul. Ne faites pas tant de manières. Et qu'est-ce qu'on raconte encore à mon sujet ?

– Que vous roulez trop vite dans votre auto sport... que vous n'allez pas à la messe comme tout le monde.

Milenka éclata d'un grand rire.

– Croyez-vous que ce sont les mauvaises gens qui ne fréquentent pas l'église ? Vos parents ne doivent pas voir d'un bon œil qu'Annick me rencontre en dehors de la classe.

– Ils sont sévères.

Une petite flamme dansa dans les prunelles de Milenka qui prenait plaisir à lui tirer les vers du nez.

Le disque de *blues* s'était arrêté.

– Je m'apprêtais à manger. Je vous invite. Choisissez donc un autre disque pendant que je vais à la cuisine.

Paul prit un disque au hasard, manipula quelques boutons sans parvenir à remettre le tourne-disque en marche.

– Alors, cette musique ?

– Je... Je ne sais pas comment faire.

– Ça va, j'arrive !

Milenka se dirigea vers l'appareil.

– On appuie ici et le tour est joué. Voilà !

Les premières mesures de la *Moldau* s'égrenaient en sourdine.

– Dans un moment, tout sera prêt. Je vous sers un peu de vin blanc en attendant.

Milenka débarrassa rapidement la table qu'elle recouvrit d'une nappe ornée de roses rouges, « faite par des brodeuses de Bratislava », dit-elle simplement. Elle semblait contente de faire enfin la connaissance du fameux cousin. Elle mit le couvert et plaça la bouteille entre une corbeille de pain et une assiette de crudités. Cette intimité procura à Paul un plaisir inattendu.

Ils s'assirent face à face et Paul attaqua son repas.

Milenka versa encore du vin.

– À qui aimeriez-vous boire, Paul ?

– À Annick.

Ils se penchèrent au-dessus de la table pour trinquer. Paul était sérieux comme un pape. Les yeux de chatte de Milenka l'intimidaient, les mouvements de ses bras, de sa tête, la peau de son cou que laissait deviner le tissu souple de son chemisier, légèrement déboutonné, tout en elle le captivait. Il aurait voulu avoir l'assurance d'un homme, mais il se sentait fondre.

– Milenka, je dois vous faire un aveu, dit-il d'un ton feutré.

– Un aveu ?

– Je vous ai menti.

– Vous n'avez pas dit vingt mots depuis que vous êtes entré et vous avez trouvé le moyen de mentir ?

Paul hocha la tête.

– C'est au sujet d'Annick.

– Qu'est-ce qu'il y a ? Elle est malade ?

– Non. C'est à propos du message. Elle m'avait dit de téléphoner, pas de venir chez vous.

– Cette franchise vous honore. C'est plutôt rare !

– Vous vous moquez de moi.

La danseuse prit la bouteille de vin et remplit les verres. Paul but une longue rasade. Une douce chaleur l'envahit. Aucun de ses compagnons de classe, pas même le grand Julot si vantard n'aurait jamais la chance de souper ainsi dans un décor intime, seul avec la belle étrangère le régalant d'un Riesling. Il se rengorgea.

Milenka l'observait, à la fois amusée et attendrie. Paul lécha sa lèvre violacée.

– Qu'avez-vous là ? demanda Milenka en le scrutant. Vous vous êtes fait mal ?

La chevelure d'Amélie, parsemée de précoces fils argentés, rehaussait sa distinction naturelle et la finesse de ses traits. Effacée, discrète, elle avait quelque chose d'aristocratique. Tout était dans sa façon de regarder les autres. Sa seule présence égayait même les pièces où le soleil n'entrait jamais. Et pourtant, elle aussi avait eu ses moments de doute et d'angoisse. Après deux fausses couches, elle avait enfin donné naissance à une fille. De faible constitution, l'enfant prématurée n'avait pas résisté à une infection virale. Amélie avait refusé d'accompagner son mari pour la mise en terre du petit cercueil blanc. Suzanne venait d'avoir un mois. Le choc passé, Amélie avait tout de suite voulu un autre enfant. Il lui avait fallu attendre deux ans. À la naissance de Paul, le médecin avait prévenu la jeune mère qu'une autre grossesse mettrait sa vie en danger. Pour

Amélie, qui ne s'était jamais imaginée autrement qu'entourée d'une ribambelle d'enfants, il ne pouvait y avoir de plus grand malheur. Quelle humiliation cela avait été d'annoncer la nouvelle à Godefroy. Lui, père d'un fils unique ! Qu'allait-on dire dans la paroisse, et dans la parenté ?

Désespérée, ne sachant vers qui se tourner pour épancher sa peine, Amélie alla trouver son confesseur, l'abbé Marois, qui l'avait vue grandir. Il avait pour cette fille courageuse, qui avait pratiquement élevé ses frères et sœurs pendant la longue maladie de sa mère, une affection paternelle qui ne s'était jamais démentie. Comme toujours, il sut trouver les mots pour la réconforter.

— Tu le sais, Amélie, avait-il dit, va falloir que tu sois la plus forte, encore une fois. Ton Godefroy va avoir besoin de toi. Les hommes réagissent mal au malheur ; ils sont prompts à se décourager. Et puis, je le connais bien moi aussi ton homme. Il est bien trop orgueilleux pour laisser voir qu'il souffre, mais son humeur va s'en ressentir. Ça risque de n'être pas facile entre vous deux, si tu n'allèges pas l'atmosphère. Tu as eu ta large part de malheurs. Mais c'est parce que le Bon Dieu t'aime qu'Il t'envoie ces épreuves. « Heureux ceux qui pleurent », a-t-Il dit. Il faut supporter les maux de cette vie sans murmurer. Accepter humblement les souffrances est le plus grand exercice de la foi. Aie confiance, Amélie. Dieu te donnera la grâce d'état si tu ne te détournes pas de Lui. Il ne t'abandonnera pas.

Elle puisait sa force et sa bonne humeur dans la prière. Tous les soirs, elle s'agenouillait devant l'image de sainte Thérèse de l'Enfant-Jésus pour réciter le chapelet avant de se coucher, demandait à Godefroy de venir prier, lui aussi, pour « dire merci au Bon Dieu pour tous les bienfaits dont il nous a comblés et garder courage ».

Quoique impérative, Amélie n'était pas coléreuse comme son Godefroy, qui prétendait avoir raison en tout. On pouvait la croire bonasse et soumise. Elle s'était résignée. Elle savait faire les compromis nécessaires à son précieux ménage. Avec la ténacité du ruisseau qui trouve sa voie à travers tous les obstacles, elle n'affrontait jamais et contournait toujours. Ces détours ne l'empêchaient pas toutefois de suivre la ligne qu'elle s'était tracée. Comme la plupart des femmes de sa génération, elle n'était pas maîtresse d'elle-même. Il ne lui appartenait pas de s'insurger contre la Providence, mais elle comptait sur son sentiment du devoir et de la rectitude pour supporter son sort. Amélie se tenait au centre de son monde, orchestrant seule, sans qu'il n'y paraisse, la routine étouffante dans laquelle elle s'était enfermée.

Godefroy lorgna les tartes aux bleuets qu'Amélie avait déposées au centre de la table.

— Je viens de les faire, dit Amélie, c'est encore chaud. Goûtes-y en attendant le souper, mais ne gâte pas ton appétit.

Godefroy ne se fit pas prier.

— Mmmm…

— Je trouve que Paul a l'air fatigué ces jours-ci, enchaîna Amélie.

— Fatigué de quoi ? Il n'est pas fatigué, c'est un flanc-mou.

48

— Tu sais bien qu'il n'est pas paresseux. Tu le fais peiner chaque jour quand il revient de l'école : du bois à rentrer, le gazon à tondre, des courses à l'épicerie, quand ce n'est pas des clous à redresser. Tu lui trouves toujours quelque chose à faire. On dirait que tu prends plaisir à lui rendre la vie dure.

— La vie dure ? Voyons donc ! Le travail n'a jamais fait mourir personne !

— Ça lui en fait beaucoup sur les épaules avec ses études.

— Tu le vois souvent étudier, toi ?

— Justement, Godefroy : il est trop fatigué. Il s'endort sur ses devoirs. Ne sois pas trop dur. Un jour, tu seras content d'avoir eu de bonnes relations avec lui.

— Avec le temps qu'il perd à rêvasser dans sa chambre, je ne serais pas surpris qu'il rate ses examens et qu'on se retrouve avec un vaurien sur les bras.

— Ne dis pas ça. C'est un bon p'tit gars. Il va souvent sur la berge donner du pain rassis aux oiseaux. Crois-tu qu'un méchant garçon ferait ça ?

— S'il était si bon que ça, il prendrait au moins la peine de dire où il va. À l'avenir, sauf pour aller au séminaire, je veux qu'il reste dans les limites de la propriété, poursuivit le père en scandant sa phrase. Il a tout ce qu'il lui faut ici. Nous avons assez grand de terrain pour qu'il n'ait pas besoin d'aller ailleurs.

Amélie s'apprêtait à mettre la table quand son mari sortit de la maison pour scruter l'horizon.

— Il me le paiera, lança-t-il en rentrant dans la cuisine, les joues rouges de colère. Je le dompterai. Ce soir, il va passer en dessous de la table.

Amélie soupira. Godefroy avait ses côtés odieux. L'aîné de sa famille, il avait grandi sous le joug d'un père implacable, capitaine du *Jeanne-d'Arc*, un chalutier qui ramassait en été les pitounes échappées des quais de Sainte-Rose-du-Nord et de Port-Alfred. Dans les champs à défricher du rang des Chicots, il avait astreint ses fils et sa fille à de pénibles corvées dès le plus jeune âge, comme cela se faisait couramment au début du siècle. Les quatre enfants n'entendaient leur père parler que de colons à établir et du « salut des nôtres » par la possession du sol.

L'institutrice de l'école primaire s'était prise d'affection pour les enfants Dubuc, qui réussissaient bien à l'école. Elle leur consacrait du temps en dehors des classes, si bien qu'ils avaient été acceptés au cours classique. Dans un milieu où le labeur acharné et la nécessité de gagner sa vie ne favorisaient pas les études poussées, c'était déjà une forme d'affranchissement. Jacques, le plus jeune, était aussi le plus taciturne et le plus indocile. Un samedi soir, alors qu'il était pensionnaire au collège, il avait « emprunté » les clés de la voiture de l'aumônier pour aller faire un tour en ville, en cachette. Embrayant en marche arrière, le chauffeur novice avait appuyé à fond sur l'accélérateur et happé accidentellement un vieil abbé qui passait derrière la voiture en revenant des Quarante-Heures. L'abbé devait rester paraplégique. Jacques avait dû promettre à son directeur spirituel de recevoir la prêtrise, « en expiation de sa faute ». Avec les années, il finit par s'y faire, jouissant même de plus de liberté qu'il ne l'avait imaginé. Amateur d'opéra, il se rendait régulièrement au *Metropolitan* de New York et y retrouvait des amis avec qui il faisait aussi la tournée des musées.

Ignorant l'incident à l'origine de la « vocation » de son frère cadet, mais fier de compter un prêtre dans la famille, Godefroy avait demandé à Jacques d'être le parrain de Paul. Parfois, l'été, celui-ci amenait son filleul à la pêche. Il lui parlait des grands maîtres, l'initiait à la botanique, à l'ornithologie. Il semblait tout connaître, s'intéresser à tout. Un jour qu'ils avaient pêché une bonne douzaine de truites de belle taille, le prêtre entreprit de montrer à Paul comment nettoyer les poissons avant d'en faire cuire quelques-uns sur la braise. Après les avoir vidés, il en prit un, évida la cavité de l'œil et en dégagea le cristallin qu'il rinça dans le ruisseau. Il s'en servit ensuite comme d'une loupe pour lire quelques caractères sur le papier journal où il avait étendu leur prise. Paul lui vouait une admiration sans bornes. Il se consolait auprès de son parrain du peu d'attention que lui accordait son père. Paul goûtait chacun des instants privilégiés qu'il partageait avec l'abbé Jacques et regrettait de le voir si rarement. Car s'il aimait bien être de connivence avec son filleul, Jacques rentrait vite dans sa tanière et fréquentait peu la famille.

— Ça ? fit Paul en se touchant la lèvre du bout des doigts. Il baissa les yeux vers la pointe de ses souliers crottés et se rendit compte combien son pantalon et sa chemise étaient froissés.

— Tu t'es blessé ? demanda Milenka en le tutoyant spontanément.

Paul prit une autre gorgée de vin comme pour noyer la question. Il lâcha pourtant :

— C'est la bande à Timé, des voyous du bas de la ville. Ils m'ont assailli en chemin.

– Oh ! Laisse-moi regarder de plus près ! fit-elle en avançant la main.

– Ce n'est rien, dit Paul en reculant sur sa chaise. D'ailleurs, j'ai l'habitude. J'ai un père costaud qui a la main lourde. C'est pas pour me plaindre, mais c'est comme ça que ça se passe chez nous. Mon père répète souvent : « Faut de la discipline, mon gars. »

Paul raconta tout, le réconfort du vin lui donnant de la faconde. À mesure qu'il exposait son infortune d'adolescent mal aimé, le visage de Milenka passait de la colère à la sympathie. Au rythme des pauses, des exclamations comme « Quelle brute ! », « Pauvre petit ! » incitaient Paul à exagérer certains détails.

– Quelle heure est-il ? demanda-t-il soudain.

– Dix heures.

– Il faudrait que je parte. Mais, même si je rentre tout de suite, je vais me faire disputer. Ce n'est pas pour quelques minutes de plus...

Milenka souriait. D'un étui de nacre, elle avait tiré une cigarette. Elle l'alluma et exhala une bouffée de fumée avec une grâce étudiée. Mélancolique, elle gagna le canapé de cuir et s'assit en regardant par la grande baie vitrée comme si elle contemplait un lointain paysage.

– Les lumières, dit-elle. Cela me rappelle tant de souvenirs. Les mêmes lumières remplissaient la ville de mon adolescence.

– Racontez-moi, Milenka.

– Oh ! C'est tellement loin, tellement enfoui... Je n'ai pas vraiment envie de remuer tout ça.

– Faites-moi plaisir. J'aimerais tant vous entendre parler de votre pays.

– Ça risque d'être long. Quand je m'y mets, je peux parler durant des heures !

– Je vous en prie. On est si bien, là. Je n'ai pas envie de rentrer.

– Il y a bien longtemps que j'ai parlé de mon pays. J'ai lu quelque part qu'un pays ressemble à l'amour. C'est vrai, un pays c'est plein de promesses, comme l'amour. Ça peut être fait de déceptions aussi, ajouta-t-elle d'un ton chagrin.

– Parlez-moi de vous, Milenka. Je veux tout connaître de vous.

– Si tu y tiens, protesta-t-elle, pour la forme, flattée au fond de l'insistance du jeune homme. Je n'étais encore qu'une gamine quand la troupe du Ballet de Prague est venue en tournée à Brno. Mes parents m'ont amenée au spectacle et j'ai eu le coup de foudre. Je ne saurais décrire ce que j'ai ressenti, mais je me rappelle en avoir parlé toute la soirée. Le lendemain, mes parents m'ont demandé si je voulais suivre des cours. J'ai tout de suite dit oui. Nous nous sommes rendus au théâtre. Le chorégraphe était à la recherche de petits rats. Il faisait passer des auditions. Je suis devenue son élève. J'étais heureuse, heureuse... Il me disait toujours que j'avais les jambes aussi prometteuses que longues. Il était drôle... Il m'a même initiée à la photo. Il prenait beaucoup de photos des élèves esquissant des pas de danse.

Elle se tut un long moment.

– Continuez, supplia Paul.

– Je devais faire des heures de train toutes les fins de semaine pour me rendre à mes cours à Prague. À cause de tous ces déplacements, j'étais si épuisée que je n'avais plus d'énergie pour répéter mes exercices chez moi. Et puis, je manquais souvent la classe. J'ai dû abandonner les cours. J'avais quand même beaucoup appris, mais pas assez pour devenir une grande ballerine. Je n'ai jamais cessé de rêver d'être danseuse étoile.

Elle soupira.

– Mais ce n'était sans doute pas mon destin, reprit-elle. Aujourd'hui, je donne des cours, je monte des spectacles, j'accumule des souvenirs. J'essaie de transmettre ma passion pour la danse à mes élèves. J'espère que quelques-unes iront plus loin, mais pour faire carrière, elles devront quitter le Saguenay.

– Mais vous, comment êtes-vous arrivée ici ?

– Tu veux tout savoir !

– Oui.

– Tu es curieux. J'aime les gens curieux. C'est un signe d'intelligence. À ma majorité, poursuivit Milenka, j'ai débarqué à Paris pour parfaire mon français. Peu de temps après mon arrivée, j'ai fait la connaissance d'un Américain à la terrasse d'un café de Saint-Germain-des-Prés. Il me disait que je l'avais séduit du premier coup, que j'étais l'« incarnation de la beauté slave ». Peter était producteur de cinéma. C'est sans doute pour cela qu'il affectionnait les clichés. Nous étions de tous les galas, de toutes les fêtes. Après notre mariage, j'ai continué d'étudier la danse pour perfectionner ma technique. J'ai également obtenu un brevet d'enseignement. Mais je me suis vite lassée de Peter. Quand on m'a offert de me joindre aux Ballets de Boston, j'ai saisi l'occasion pour divorcer. Ce fut une longue traversée du désert, marquée de nombreux échecs. Un ami de la troupe me parlait souvent du Québec, de ses forêts, de ses cours d'eau, de sa nature sauvage. Cela m'attira assez pour que je m'envole pour Montréal. La métropole n'était pas aussi saisissante que ce à quoi je m'attendais, ce n'était pas encore la grande nature, mais je me suis adaptée. J'ai décroché une petite place aux Grands Ballets qui montaient *Giselle* et *Gentille Alouette*. Il y a deux ans, j'ai appris qu'on voulait fonder l'Académie de ballet du Saguenay et qu'on cherchait un professeur. Je suis venue voir. Ça commençait à ressembler à la grande nature dont je rêvais. J'ai rencontré la directrice, Jocelyne Bergeron, et nous nous sommes entendues tout de suite.

Paul commençait à montrer des signes d'impatience. Il cherchait vaguement un point commun avec ce qu'il ressentait, lui. En vain.

— Je pourrais vous écouter encore des heures, Milenka, mais il faut absolument que je rentre.

— Je comprends. J'espère que ton père ne sera pas trop dur.

— Chez nous, je ne me sens pas chez moi, je me surveille. S'il porte la main sur moi, je ne broncherai pas.

— Un vrai Spartiate ! dit Milenka, avec un sourire entendu. Reviens quand il te plaira. Tu seras toujours le bienvenu.

Paul s'éloigna d'un pas alerte dans le silence de la nuit étoilée. Il longea la rive, le thème triomphal de la *Moldau* se confondant dans sa tête avec la voix de Milenka, le bruit de l'eau. Il se mit à penser à ce qu'il dirait à son père en rentrant.

Chaque mardi, à marée basse, les « bateaux blancs », comme on appelait le *Tadoussac* et le *Richelieu*, accostaient à Chicoutimi en fin de croisière. Les pêcheurs abandonnaient lignes et agrès pour regarder descendre les passagers. De grosses voitures américaines surgissaient de la cale des bateaux avant de gravir une passerelle en pente raide menant à la *Ville aux cent Cadillacs*. Les dames élégantes agrippaient leur chapeau pour le protéger du vent. Tout ce beau monde fascinait les badauds. Des chauffeurs en livrée, solennels comme des marguilliers, s'activaient autour de leurs maîtres. Quand Paul voulait s'évader, il se rendait aussi au parc de la Place-d'Armes d'où il contemplait, par-dessus les épinettes géantes, la masse grisâtre des clochers dont le carillon annonçait régulièrement les offices religieux.

Les clochers. Son père aimerait ça. Il dirait qu'il s'était attardé dans le parc jusqu'au moment où le soleil s'était couché derrière les Terres-Rompues en faisant papillonner ses derniers rayons comme autant de lutins malicieux dansant dans la nuit austère du Royaume du Saguenay. Non. Il laisserait faire le « papillonnement des rayons », les « lutins malicieux » et même la « nuit austère » qui pourraient rappeler Rodolphe à son père et le faire enrager. D'autant plus qu'il serait déjà en rage. Oui. C'est ça. Et il pourrait dire qu'avant d'aller voir les clochers, il avait regardé les voitures et les belles dames : ce serait un mensonge moins péché que les autres, parce que ce serait à moitié vrai. N'avait-il pas regardé une dame qui possédait une voiture ? Et ça s'était passé près du Saguenay ; à Chicoutimi, on est toujours près du Saguenay…

Dès que Paul eut franchi le seuil de la cuisine, son père l'apostropha. Il essaya de se défiler, se mit à raconter que sa promenade coïncidait avec l'arrivée du *Tadoussac* et du *Richelieu*, ces « deux grands hôtels flottants aux cheminées noires et aux coques blanches », reprenant la description qu'en avait donnée le professeur d'histoire, et qu'il s'était attardé sur le quai.

– C'est pas le temps de faire des compositions françaises! hurla son père. Tu es en retard, c'est tout ce que j'sais. Et tu es sale comme un voyou. File dans ta chambre. Tu auras affaire à moi demain matin.

Paul s'enfonça dans l'escalier en formulant toutes les promesses d'obéissance et de déférence qui lui venaient à l'esprit. Il fallait ménager la chèvre et le chou et s'arranger pour finir avec un semblant de bonne entente.

Godefroy s'attarda encore dans la cuisine. Il était onze heures passées. Godefroy se fit servir une autre pointe de tarte.

Annick n'était pas rentrée.

– Il va finir par nous faire mourir, soupira-t-il.

– Si tu manges trop avant de te coucher, dit Amélie, c'est ce qui va t'arriver.

Dans sa chambre, Paul se blottit sous les couvertures, tâchant d'oublier les réprimandes du paternel.

Un jour, il s'envolerait comme les oiseaux marins du Saguenay qui suivent les bateaux. Mais lui, ne reviendrait plus.

Milenka se fit un café bien tassé qu'elle sirota nonchalamment. Elle ouvrit un tiroir de la grande commode, jeta un coup d'œil distrait aux photos empilées pêle-mêle, referma le tiroir et fit tourner une petite clé dans la serrure, la retira et, d'un geste mécanique, la laissa tomber dans un vase. Elle était quand même déçue de l'absence d'Annick. Entre elles, tout avait commencé après une leçon de ballet. Les deux filles étaient allées faire une longue promenade du côté de la rivière du Moulin et n'étaient revenues à la maison du Pied-du-Cap que bien après le coucher du soleil. À quelques reprises, Milenka avait frôlé de la main la hanche de son élève qui ne l'avait pas repoussée. Dans le corridor de l'entrée, Milenka avait embrassé Annick dans le cou, en l'effleurant à peine pour ne pas l'effaroucher, mais la réaction avait été immédiate. Sur le tapis de catalogne qui ornait le grand salon, elles s'étaient découvertes à la hâte. Pour une débutante, Annick s'était tout de suite révélée débordante d'imagination.

Dans la classe de danse, c'était Annick qui brillait le plus. C'était la plus souple, la plus talentueuse. Milenka aimait la gâter. Elle lui achetait des vêtements à la mode qu'Annick gardait chez son professeur pour éviter d'avoir à fournir des explications. Elle ne les portait que lorsqu'elles sortaient ensemble, quand Milenka l'amenait au restaurant ou au cinéma.

Milenka pensa à Annick, puis à son cousin. Pas mal, le petit Paul, se dit-elle. Mais ça va faire jaser, tout ça. Elle alla vers le téléphone, le tira vers le salon et composa le numéro de Barbara.

— Excuse-moi de te rappeler si tard, j'ai eu une visite... Oui, je m'ennuie un peu, parfois... Oui... Si je suis en amour ? Ça dépend des jours, ma grande. En tout cas, ce n'est pas l'amour qui me retient ici. J'ai signé un contrat qui m'arrange. Mais toi, raconte. Qu'est-ce qui se passe dans ta vie ? ... Ah bon ! Tu vas me le présenter, j'espère. Comment s'appelle-t-il... Un secret ? Oh oh ! intéressant... Moi à Montréal ? Peut-être... Je ne sais pas. Mon travail m'accapare pas mal, mais si tu as besoin de moi, je vais voir ce que je peux faire… Je pourrais peut-être prendre congé… Oui, oui, je sais ce que tu veux dire. D'accord, je te rappelle bientôt. Je t'embrasse aussi, Barbara.

Milenka raccrocha. Elle ramassa quelques vêtements épars, vida les cendriers. Elle s'approcha de la fenêtre, regarda le temps qu'il faisait et décida qu'il lui fallait changer d'air. Elle irait bientôt rendre visite à Barbara. Pour l'instant, une bonne marche lui ferait du bien.

Elle agrafa sur la porte un court message à l'intention d'Annick : « Sortie faire un tour. T'ai attendue. Ton cousin est passé. Clé au même endroit. Lit aussi. Tu peux t'amuser avec mes bijoux. Milenka. »

Puis elle sortit en laissant les lumières allumées.

IV

PAUL cherchait un prétexte pour retourner chez Milenka. Elle l'obsédait tellement qu'il en perdait le sommeil. Il était distrait au collège. L'image de l'étrangère le hantait. Il revoyait son visage, ses cheveux blonds, ses jambes, ses seins flottant librement sous son chemisier. Il rêvait d'elle à longueur de journée. Il lui demanderait sa photo. Il passait de longues soirées dans son lit à imaginer des scénarios de rencontres où Milenka l'abordait dans des poses scandaleuses et tendres en même temps. Il n'y avait pas d'endroit plus délicieux au monde que la maison du Pied-du-Cap.

Annick, de son côté, sortait de plus en plus souvent le soir. Godefroy, contrarié par les nouvelles habitudes de sa nièce, s'était mis à l'enguirlander comme jamais.

– Je veux savoir pourquoi tu rentres si tard.

– Je n'ai pas de compte à vous rendre, vous n'êtes pas mon vrai père! rétorquait Annick. C'est mon droit de sortir si je veux.

– Tu n'as aucun droit dans ma maison, rugissait Godefroy. Contente-toi d'obéir!

– Laissez-moi vivre. J'étouffe ici.

Godefroy lui avait crié qu'elle ne valait pas mieux qu'une fille des rues. Paul avait entendu Annick hurler à Godefroy : « Si vous me poussez à bout, je retourne à Québec. »

Cette menace, dont elle se servirait encore, faisait momentanément capituler Godefroy. Il savait Annick assez volontaire pour mettre sa menace à exécution. Elle pouvait ainsi profiter d'un peu plus de liberté.

Un soir pluvieux de septembre, Paul enfila son imperméable, s'échappa sans bruit et se dirigea vers la maison de Milenka.

La danseuse vint ouvrir en pyjama de soie mauve.

– Tiens, tiens. Les lièvres courent sous la pluie cette nuit.

– J'ai pensé vous apporter ce petit livre sur la danse.

– Comme c'est gentil, dit Milenka en posant le livre sur une chaise. J'ai pensé à toi aussi. J'ai mis de côté quelques ouvrages : il est temps que tu découvres la littérature.

Paul s'empressa de jeter un coup d'œil sur les volumes qui l'attendaient sur la table basse.

– André Gide ? Albert Camus ? Julien Green ? Jamais entendu parler.

– Ça ne m'étonne pas. À part *Maria Chapdelaine*, vous ne lisez pas grand-chose dans vos collèges classiques. Ce ne sont pas tes professeurs qui vont te faire connaître ces auteurs-là.

– *Les Nourritures terrestres… Moïra…*

– Tu vas aimer *Moïra*. Les adolescents aiment ça…

– *L'Étranger…*

– Ça, c'est plus philosophique.

– Est-ce que je vais pouvoir tout comprendre ?

– Lis-les. On pourra en discuter après. De toute façon, la lecture, ça forme et ça donne des idées. Ce qu'on ne comprend pas quand on est jeune, on peut toujours prendre plaisir à le redécouvrir plus tard.

Ces livres allaient provoquer la colère de son père s'il les apportait chez lui : ces auteurs étaient interdits au séminaire. Paul devrait les cacher. Ou venir les lire chez Milenka.

– Au fait, demanda Milenka, comment ça va les études ?

– Pas trop bien.

– Ah ! Qu'est-ce qui ne va pas ?

– Vous me trottez toujours dans la tête.

– Aïe… Est-ce que je trotte vite ?

– Ne vous moquez pas. Je suis sérieux.

– Ce n'est pas en pensant aux femmes que tu vas réussir en classe.

– C'est plus fort que moi.

– Ce serait déjà mieux si je dansais au lieu de trotter…

– Je n'y peux rien, je vous vois partout, de toutes sortes de façons, et…

– Et ça va te passer ! D'ailleurs, tout passe, ajouta-t-elle, rêveuse, en se tournant vers la baie vitrée. La pluie dégoulinait sur la vitre de la grande fenêtre. Tu sais, les émotions sont fugitives. L'amour à la Tristan et Iseult n'existe que dans l'imagination des artistes. L'imagination... Quand on a compris ça...

Elle regardait par la fenêtre qui semblait se liquéfier sous la pluie sans jamais disparaître.

Paul, qui n'avait pas entendu parler non plus de Tristan et Iseult, se promit de se renseigner dès qu'il le pourrait. Les titres d'ouvrages et les versets appris par cœur, toute cette connaissance encyclopédique que l'on appelle ordinairement la « culture » sans bien savoir de quoi on parle, avaient une importance quasi religieuse, presque superstitieuse pour un élève de collège classique. Milenka s'était mise à murmurer :

> *Les sanglots longs*
> *Des violons*
> *De l'automne*
> *Blessent mon cœur*
> *D'une langueur*
> *Monotone...*

– Tu connais ?

Paul fit « non » de la tête.

– Verlaine... Les gouttes d'eau me font penser aux larmes de l'humanité. Il y en a assez pour remplir des océans.

D'un long mouvement ondulant, elle se déplaça vers le lit aux draps défaits. Je deviens sentimentale, dit-elle en s'étendant, les mains sous la nuque. Je philosophasse.

Debout tout près du paravent japonais, Paul n'osait faire un mouvement. Il sentait une boule se former au creux du ventre.

– Enlève au moins ton imper, dit Milenka.

Troublé, Paul obéit, posant comme à regret son imperméable sur le dossier d'une chaise. Il ne pouvait détacher son regard du corps de la danseuse. Souvent, il l'avait imaginée ainsi, allongée, indolente, les mains sous la nuque. Il restait debout, le cœur battant, la gorge serrée. En attente, comme un voyageur au matin d'un grand départ. Il éprouvait des picotements, à la fois agaçants et délicieux, comme de petites fléchettes qui lui dardaient la tête, le cou, les reins. Il se sentait emporté comme dans un vortex.

– Viens ici, Paul ! Viens t'asseoir près de moi.

Paul fit un pas dans sa direction.

– Je ne pourrai pas emporter les... les livres.

– Approche.

– Je viendrai les lire ici. Si vous êtes d'accord, bredouilla-t-il en s'avançant encore un peu.

Il était tout près du lit, il y touchait presque.

– Bien sûr, dit Milenka, en soulevant négligemment la main vers Paul. Mais pourquoi ? Tu ne les veux pas ?

– Ces livres ne sont pas au programme ; ils sont sûrement à l'Index.

Un éclat intense brilla dans les yeux de Milenka. Elle glissa les doigts sous la ceinture des jeans et attira l'adolescent vers elle. La main de Milenka caressa légèrement la poitrine de Paul. Avec douceur... tant de douceur.

Paul dut s'asseoir sur le lit.

– Étends-toi.

Paul était confusément ravi. Il entendait la pluie tomber sur la fenêtre comme un prélude de Chopin. Il s'allongea gauchement sur le lit.

– Viens plus près. Comme ça, tu es bien ? Elle s'agenouilla sur le lit et lui enleva ses chaussures. Regarde-moi dans les yeux, dit la danseuse en détachant la ceinture des jeans et en faisant glisser la fermeture éclair.

Paul frissonnait. Il avait l'impression de se noyer dans ces draps délicats, dans l'ambiance de la chambre, dans la voix, le parfum de Milenka, dans son regard profond et troublant. Elle se coula vers lui et, tout en lui caressant la nuque, effleura ses lèvres si légèrement que l'adolescent se demanda si elle lui avait donné ce baiser ou s'il l'avait rêvé. Puis, elle étira le bras pour prendre une cigarette sur la table de chevet, l'alluma, en tira une longue bouffée. Elle semblait perdue dans ses pensées ou peut-être voulait-elle prendre tout son temps avant de se décider à dévorer le séminariste qui osait venir jusqu'à elle. Paul crut la voir écraser une larme.

– Écoute s'il pleut, fit-elle d'une voix cassée, lointaine. C'est drôle, tout me ramène toujours à l'eau. La rivière, la pluie… *L'Eau et les Rêves*. Il faudra que je te fasse découvrir Bachelard aussi. Il faut lire beaucoup, Paul. Les livres sont les seuls vrais amis. Je me souviens de cette phrase : « L'eau est la matière où la Nature, en d'émouvants reflets, prépare les châteaux du rêve. » Ne jamais cesser de rêver, c'est ça l'important, dit-elle en se tournant vers lui, comme si elle revenait à la réalité. Mais surtout, il faut aller jusqu'au bout de ses rêves.

Lentement, elle se débarrassa du haut de son pyjama. Ses seins, ronds et fermes, apparurent, gonflés, mûrs.

– Tes seins sont beaux, ils sont plus beaux que ceux d'Annick, murmura Paul.

– Je sais. Regarde-moi, je veux que tu me regardes partout où tu veux regarder.

Milenka se tournait devant lui, nue, montrant son dos, arquant ses reins, prenant des poses.

Paul inspira profondément comme s'il voulait absorber en lui le magnétisme subjuguant de Milenka. Des points lumineux scintillaient dans sa tête. Une sensation étrange l'envahissait.

– Annick… , bredouilla Paul.

– Quoi, Annick ?

– Annick te trouve extraordinaire. Elle ne doit pas se douter à quel point c'est vrai.

La remarque de Paul sembla exciter Milenka.

– Qu'est-ce que vous avez fait, Annick et toi ?

– Ben, on…

– Tu aimes beaucoup Annick ?

– Moins que toi.

La langue de Milenka s'était mise à voltiger sur le corps de Paul qui frémissait. Elle s'attardait sur le ventre, entre les cuisses, comme si elle voulait à la fois en reconnaître tous les replis, les remplir de son pouvoir et de sa présence. Avec une sensualité simple et naturelle, Milenka saisit la main de Paul qu'elle porta à sa bouche, lécha ses doigts un à un, les mordit, juste assez fort.

La force de leur désir les enveloppait. Milenka envahissait le corps électrisé de Paul, comme une vague déferlante. Il y eut un moment, suspendu, hors du temps. Puis, ils perdirent toute retenue. Comme Lancelot et Geneviève, ils oublièrent le monde.

La pluie tombait toujours avec placidité tel un piano en sourdine. Les corps de Paul et de Milenka reposaient côte à côte dans le désordre du lit. Ébloui par cette savante volupté qui l'exaltait, le laissant éperdu, Paul regardait ses doigts glisser dans les cheveux de la ballerine. La même sensation curieuse de certains moments de son enfance lui revenait ; une partie de lui-même participait, l'autre observait, spectatrice étrangère à la situation.

Il s'arracha du lit, chancelant, encore ivre de frissons. Il se rhabilla sans hâte, les yeux rivés sur Milenka qui grillait une autre cigarette.

— J'ai beaucoup aimé ça, dit-il avec candeur.

Elle lui souffla un baiser.

— Je t'aime, Milenka.

— Bonne nuit, Paul. Avant de sortir, veux-tu éteindre, s'il te plaît ?

Il s'en alla, la tête vide, les jambes molles. Dans le silence de la nuit humide, il hurla :

— Je t'aime. Je t'aime Milenka.

Paul rentra dans sa chambre par la fenêtre du sous-sol. Il fit très attention. Personne ne saurait. Il se jeta sur son lit, prit un oreiller qu'il étreignit farouchement.

— Je t'aime, Milenka, je t'aime.

Il sombra dans un profond sommeil.

V

DEVANT LE MIROIR de la commode en vieux chêne, Paul s'examinait sous tous les angles. Il nota des cernes sous ses yeux. Il entendait encore sa mère lui dire : « Comment peut-on être aussi maigrichon ? » Il fit quelques grimaces expressives, scruta son front, s'arracha un cheveu. Des garçons de sa classe avaient le visage ravagé par une forêt de comédons. L'adolescence : l'âge ingrat, rabâchait un professeur du séminaire. Paul inspecta attentivement ses joues. Aucun signe d'acné.

Depuis sa soirée avec Milenka, il se voyait, se sentait plus viril.

Dans le cahier bon marché auquel il confiait ses pensées intimes, il avait noté :

J'ai connu le paradis. L'enfer, dirait papa. Elle a tout fait. La prochaine fois, qu'est-ce que ce sera ? Annick me parle un peu plus qu'avant. En tout cas, elle ne m'évite pas autant. Elle m'a dit que je ne peux pas savoir tout ce qu'elle a perdu à la mort de ses parents. Il faut que je sois gentil et patient avec elle. Mais je pense surtout à Milenka. Combien de fois par semaine pourrai-je aller la voir ?

Il resta un moment à réfléchir en mâchonnant le bout de son crayon. Puis il sursauta et rangea prestement son journal. Il avait entendu des pas. On se dirigeait vers sa chambre. Annick.

— Je ne pensais pas te trouver là, dit-elle en poussant la porte. Jocelyne, la femme de notre cousin Richard, organise une fête à leur chalet du lac Clair. Nous serons une vingtaine. Est-ce que ça te tente de venir ?

— Pourquoi tu m'invites ?

— Tu es presque toujours seul, Paul ! C'est pas normal.

— J'suis pas toujours seul.

— Tu te rappelles quand on est allés aux bleuets ? Tu m'as dit que tu ne demandais pas mieux que de sortir de ta coquille. Tu vas voir, ça va te faire du bien.

Paul semblait distrait.

— On va préparer un gros buffet là-bas. J'ai promis à Jocelyne de l'aider, reprit Annick.

— Jocelyne... Ça ne me tente pas tellement, fit Paul.

— C'est Milenka qui va t'amener.

— Milenka ?

Tous ses frissons du mardi précédent remontaient d'un coup, les mêmes scintillements dansaient dans sa tête.

– Oui. Milenka. Pourquoi ? De toute façon, c'est déjà arrangé.

– Elle va m'amener dans la Triumph ?

– Évidemment. Pas à bicyclette !

Paul contenait mal sa joie. Se souvenant de la journée d'initiation au P'tit Brûlé, il comprit qu'il pouvait compter sur l'amitié complice de sa cousine.

L'été et jusque tard à l'automne, le lac Clair rassemblait sur ses bords une bonne partie de la bourgeoisie de la région. Tout ce gratin inclinait la tête devant Monseigneur Georges Tremblay. Du balcon de son palais épiscopal, dominant le Saguenay, Son Excellence régnait, condamnait, absolvait. Il n'hésitait pas, s'il croyait menacés les intérêts de l'Église, à intervenir dans les affaires courantes du bon peuple. Médecins, notaires, avocats, industriels, politiciens, tous baisaient en public l'anneau du personnage. Les plus courageux, ceux qui osaient dénoncer son autoritarisme, n'avaient plus qu'à rejoindre les phalanges naissantes de la Révolution tranquille.

Ce despotisme religieux avait eu pour effet de forger un trait particulier dans l'inconscient collectif local. Ce n'était pas une maladie en soi. Il se reconnaissait à une religiosité affectée qui poussait les gens à se réaliser dans la direction opposée à leurs désirs secrets. Leurs vices étouffaient les vertus qu'ils auraient normalement dû cultiver. Ils marchaient au pas de l'oie sous l'étendard des Chevaliers de Colomb alors qu'ils cachaient des âmes de corsaires. Ils s'efforçaient d'entretenir une vertu plastique et astiquée, respectable et respectée, troupeau assidu à la messe dominicale et aux premiers vendredis du mois. Son Excellence leur intimait de se faire, à leur façon, des vicaires apostoliques en esprit, soumis à des canons précis, adorant le Bon, le Bien, le Beau et honnissant le Mal, le Vice, le Péché. En réalité, ils bafouaient leur vraie nature, à la remorque d'un régime qu'ils redoutaient, en songeant aux flammes impérissables de l'enfer. Comme les serfs du Moyen Âge, ils craignaient leur seigneur et maître, et son droit. Malgré cette passivité apparente, les Saguenéens n'en étaient pas moins pointilleux, fiers comme Artaban, imaginant leur Royaume non moins grandiose que l'Éden. La fable de la grenouille et du bœuf s'y revivait quotidiennement.

À défaut de meubler leur esprit, les habitants de la région s'adonnaient, le plus souvent, aux sports : quilles, hockey, balle molle, pêche à la truite et chasse au canard. Les garçons croissaient rapidement, bombés de muscles surdéveloppés, objets d'admiration de la famille ou du clan. Les filles, de leur côté, frappaient par leur dynamisme et leurs belles joues roses à la Renoir. Le Saguenéen représentait un amalgame du trappeur blanc retourné à la nature et de l'Indien urbanisé. C'est d'ailleurs un Métis, Peter McLeod, qui passe pour le véritable fondateur de Chicoutimi. En montagnais, Chicoutimi signifie « jusqu'où c'est profond ».

« Jusqu'où c'est creux », affirmaient des plaisantins en rupture de ban avec le milieu. N'empêche que les motels étaient démesurément nombreux, dans une région qui ne connaissait pas encore le tourisme… Ainsi en était-il des clubs, des « grills », des « lounges », des salles de danse et des tavernes !

Paul rejoignit Milenka chez elle. Il sonna, le cœur battant. Milenka lui répondit avec un grand sourire.

Elle avait mis une robe d'été vert menthe dont le décolleté profond était souligné d'une fine dentelle. Ses cheveux blonds disparaissaient sous une cloche de toile blanche. Elle le précéda dans l'escalier et trotta sur ses talons hauts jusqu'à la voiture de sport stationnée dans l'allée.

— Monte, petit, lança-t-elle en s'installant résolument au volant.

Paul se précipita, s'enfonça dans le cuir noir de la banquette du passager, fit claquer la portière. Milenka embraya et appuya sur l'accélérateur en faisant crisser les pneus. Le bolide, qui n'avait plus d'âge ni de pot d'échappement, bondit dans une formidable pétarade.

— Je suis en grande forme, s'exclama la danseuse.

Le vent relevait sa robe comme un parachute en tombée.

— Et toi, ça va ?

— Je suis très content, répondit Paul.

Ils étaient sortis de Chicoutimi et roulaient maintenant à cent à l'heure sur la grand-route.

Paul jetait fréquemment de brefs coups d'œil à Milenka, aussi fringante et vigoureuse, aussi scandaleuse que sa petite voiture. Elle avait caché ses yeux derrière des lunettes de soleil foncées comme la nuit. Le vent retroussait sa robe sans discontinuer. Paul sentait le désir monter. Ils roulaient depuis une quinzaine de minutes quand il osa poser sa main gauche sur le genou de Milenka.

— Coquin ! dit Milenka en appuyant brusquement sur le champignon.

Paul retira vite sa main, écrasé dans la banquette par l'accélération.

Milenka lui saisit vigoureusement l'avant-bras et ramena sa main sur son genou en criant quelque chose.

– Qu'est-ce que tu dis ? cria Paul.

Milenka avait encore accéléré, le moteur vrombissait. Milenka cria de nouveau, mais Paul ne comprenait pas. Le bruit du moteur, rivalisant avec les sifflements du vent, couvrait tout.

– Qu'est-ce que tu dis ?

Milenka répéta.

– Banzaï ! cria Milenka à tue-tête.

– Ça veut dire quoi ?

– Ça veut dire que tu es un petit satyre, hurla-t-elle, alors que la main de Paul tentait d'avancer un peu plus haut sur la cuisse.

– Je peux ?

– Avec une femme, on ne demande pas si on peut. On prend !

– Hein ?

– On prend ! On ne demande pas « Je peux ? Je peux ? » fit Milenka en grimaçant et en imitant une voix de gamin. Tu peux si tu veux, petit malin. Mais ce n'est pas le moment.

Elle rétrograda brusquement.

– Tu peux prendre ce que tu veux, mais pas à cent à l'heure !

Elle rétrograda encore. Le moteur geignit en passant en troisième. Puis en deuxième. Ralentit encore. Milenka donna un brusque coup de volant et la Triumph alla stopper sur le bas-côté. Paul était surexcité. Il pensa : « Elle s'arrête pour faire l'amour. » Milenka se pencha au-dessus de Paul, avança le bras vers lui, sa main lui frôla le ventre et s'empara de la poignée de la portière qu'elle actionna d'un coup en poussant.

— Allez, mon coco, à ton tour de prendre le volant! dit-elle en ouvrant la portière de son côté et en s'éjectant de la voiture.

Paul pâlit. Il ne comprenait plus. Ils ne s'étaient pas arrêtés pour faire l'amour.

— Je ne sais pas conduire, moi! balbutia-t-il.

— Première leçon aujourd'hui.

Elle poussa Paul sur la banquette du conducteur où elle sembla littéralement l'enfermer.

— J'aime les petits gars courageux.

Paul posa lentement ses mains sur le volant.

— Je pensais qu'on s'arrêtait pour...

— Primo, mouvement des pieds sur les pédales. Celle de gauche... C'est ça. Il faut embrayer... Tu dois passer en première d'abord, comme ça...

Elle l'initia rapidement, méthodiquement. Paul répéta les instructions deux ou trois fois, moteur au point mort.

— Maintenant, tu démarres!

— Mais...

— Tu prends la route, oui ou non ?

— Te fâche pas... Je... je prends la route, Milenka, je prends la route.

Paul mit le contact. Embraya.

La petite Triumph rouge démarra, fit quelques soubresauts, s'étrangla.

— Recommence, fit Milenka. Embraye tranquillement.

Paul essaya encore, le plus doucement qu'il put.

La voiture démarra de nouveau en produisant des spasmes moins brutaux.

— Passe en deuxième. Embraye et passe en deuxième…

Paul dirigea la voiture sur la chaussée en zigzagant un peu.

— C'est… C'est dangereux.

— Accélère et passe en troisième ou alors tu ne me touches plus jamais, dit Milenka d'une voix grave.

Paul obéit. Il parcourut ainsi une dizaine de kilomètres, les mains crispées sur le volant comme des serres quand ils croisaient une voiture. Les camions, les poids lourds entre autres, étaient particulièrement terrifiants.

— Détends-toi, mon p'tit Paul.

— Je pensais qu'on allait faire l'amour quand tu t'es arrêtée…

Milenka lui sourit, tranquille, souveraine.

— Tu commences à aimer ça, on dirait.

— C'est pas de ma faute. Je pense qu'à ça depuis que j'ai les mains sur le volant… J'aurais aimé mieux faire l'amour avant…

— Ça se mérite !

— Oui, mais…

— Conduis en douceur. En-dou-ceur ! Pas trop fort sur le champignon ! Détends-toi un peu !

Ils roulèrent encore pendant quelques minutes.

— Tu vas t'arrêter maintenant, dit Milenka.

— Hein ?

— Arrête-toi.

— Comment ?

— Je vais te montrer. Ralentis. Roule sur l'accotement. Freine doucement : maintenant, éteins le moteur.

Paul stoppa à une centaine de pieds d'une route de terre.

– Redémarre et prends la petite route. Je vais te montrer comment ralentir et comment arrêter...

– Ça conduit mieux ici, dit Paul. Il y a moins d'autos.

Ils roulaient maintenant dans la forêt.

– Tourne ici, fit Milenka en lui indiquant une autre route de terre. Je vais prendre le volant et te montrer comment ralentir et s'arrêter.

Une fois sur l'accotement herbeux, Paul se laissa retomber sur la banquette de cuir en soupirant. La Tchèque le regardait intensément.

– Et puis ? demanda-t-elle, amusée.

– Banzaï !

Un grand nombre d'invitées se trouvaient déjà rassemblés chez Jocelyne Bergeron. Le grand chalet quatre-saisons avait été construit au milieu d'un généreux bosquet de feuillus. Son immense véranda entourée d'une moustiquaire bleutée donnait sur un lac. Fière d'avoir épousé l'avocat Richard Bergeron, cousin germain de Paul et d'Annick, Jocelyne portait avec ostentation des toilettes extravagantes. Elle avait un visage poupin qui vous donnait le goût de la bécoter et avait la réputation bien méritée de le savoir. Son mari avait compris, au fil des ans, qu'il était plus simple d'être indulgent.

Après plus d'une dizaine d'années de vie commune, il s'était remis à fréquenter les vieux camarades qu'il estimait et qu'il avait abandonnés après son mariage ; Jocelyne les considérait comme des parasites. Incurablement commère, elle ne faisait grâce à personne.

Richard Bergeron avait de nouvelles amours à Montréal, mais il n'était pas question, du moins pour l'instant, de quitter la région où il s'était fait une excellente clientèle. Il lui fallait demeurer officiellement avec sa femme pour sauver les apparences et rester dans les bonnes grâces de l'évêché et des sœurs du Bon-Pasteur, de gros clients. Les coups de crosse d'un évêque, même sur la tête d'un avocat-conseil aussi en vue, pouvaient laisser des traces.

En apercevant Paul et Milenka qui venaient de descendre de la Triumph, Annick se glissa hors du groupe et s'élança vers eux.

— Ça va ? Vous avez fait bonne route ?

— Ton cousin est un rude gaillard. Il a conduit jusqu'ici.

Annick, incrédule, fixait Milenka.

— Il a seulement quinze ans, il n'a pas de permis, il ne sait pas conduire…

— Eh oui ! c'est comme ça ! Tout ce qui est interdit est possible. Tu es bien placée pour le savoir !

Annick pouffa d'un rire nerveux.

— Madame Reicha ! s'écria Jocelyne Bergeron de cette voix aiguë qui avait le don d'agacer, mais dont on disait qu'elle savait aussi séduire. Quel plaisir de vous avoir ici ! Même la météo se fait complice de nos agapes dans la forêt de Sherwood. C'est l'été des Indiens.

Minaudant, elle se tourna vers Annick qui affectait de rire poliment.

— Tu as bien fait d'amener ton cousin. Toujours aussi charmant le beau Paul !

— C'est de famille !

— J'espère que ça ne te dérange pas d'être le seul homme ici, Paul ? demanda Jocelyne. Venez, allons retrouver les autres ! enchaîna-t-elle sans laisser à personne le temps de réagir.

Une jeune fille très bronzée aux yeux rieurs venait de descendre de la terrasse où plusieurs invitées causaient amicalement.

– Bonjour. Louisette Larouche, la nièce de Jocelyne, dit-elle en s'avançant vers les derniers arrivés. Il me semble qu'on s'est déjà rencontrés, ajouta-t-elle en dévisageant Paul.

– C'est bien possible, dans la grande bourgade de Chicoutimi-sur-Mer, répondit-il plaisamment.

– Venez boire de la tequila, proposa Jocelyne en les entraînant vers le buffet. Servez-vous, mais attention, c'est de la dynamite ! Nous allons lever nos verres à la santé de madame Reicha, qui vient d'accepter de préparer le spectacle d'ouverture de notre future Académie de ballet.

Louisette avait tiré Paul par la manche.

– Ça te plairait qu'on fasse un petit tour de canot ?

Paul regarda en direction d'Annick et de Milenka, qui parlaient toutes deux avec l'hôtesse. Seule Jocelyne le remarqua. Elle lui fit un clin d'œil.

– T'en fais pas, murmura Louisette en se rapprochant encore de Paul. Personne ne va s'en apercevoir. Viens !

Ils descendirent jusqu'au lac dont la surface tranquille brillait comme un miroir. Ils longèrent la rive. Bientôt, ils arrivèrent en vue d'un petit quai. Des canots étaient amarrés. La jeune fille monta dans l'un d'eux et s'empara d'un aviron. Paul monta avec précaution et s'agenouilla.

– Qu'est-ce que tu viens faire dans cette basse-cour ? demanda Louisette en donnant un coup d'aviron qui éloigna doucement le canot de la rive.

– C'est ma cousine Annick qui a insisté pour que je vienne. Je pourrais te retourner la question.

– Ma tante Jocelyne m'a demandé de l'aider à préparer la fête.

– Connaissais-tu Annick ?

– Un peu… Enfin, presque pas.

– Elle a une admiration sans bornes pour Milenka.

– Moi aussi. Je trouve qu'elle a une personnalité du tonnerre. J'ai assisté à un de ses spectacles à l'auditorium. On voit qu'elle appartient à un autre univers, qu'elle a vécu. Je vais moi-même faire mes débuts à Montréal avant longtemps. Je veux chanter. Là-bas, c'est plein de possibilités. Ici, on stagne.

– Tu en as du courage de vouloir aller vivre à Montréal !

La voix de Paul trahissait l'envie.

Son père, dans le langage moralisateur et figé qui était le sien, traitait Montréal « d'antre de tous les démons et de tous les vices » : prostitution, pègre, adultère. « Un vrai lieu de perdition, disait-il. En plus des embouteillages, il y a des Italiens, des Grecs, des Chinois, et tout ce monde-là parle anglais. » Godefroy et ses semblables s'estimaient privilégiés de vivre à l'ombre des clochers saguenéens.

– En tous cas, je suis déterminée, dit Louisette. J'ai un ami qui va m'auditionner là-bas et je vais passer à la télé. Ça va être un véritable feu d'artifice.

– Quand penses-tu partir ?

– Dans trois mois, jour pour jour. Je partagerai l'appartement d'une copine. Et toi, tu as des projets ?

– Rien de précis. J'étudie au séminaire. Les jours et les semaines me portent. Comme le courant…

Louisette, enfonçant son aviron dans l'eau, fit gondoler le canot.

– Oui Paul. Et ce sont les autres qui avironnent !

Paul se sentit piqué au vif. Il prit un aviron et l'abaissa mollement dans l'eau.

– As-tu l'intention de choisir une profession ? reprit Louisette.

– Je me vois parfois dans les affaires. J'aimerais devenir millionnaire comme John Murdoch, même si tout le monde le déteste. Mais je préfère encore la littérature. Le français, c'est une langue de précision qu'on n'a jamais fini d'apprendre, comme dit mon prof : « Vingt fois sur le métier… »

– Tu m'as l'air bien parti, avec tes citations. Moi, les études, c'est fini. Pour le moment, en tous cas. J'ai des choses plus importantes à faire.

– C'est chanter qui t'intéresse ?

– Oui, je m'accompagne à la guitare. Je me fais des airs, des musiques.

– Chante-moi quelque chose.

Elle se mit à fredonner un air d'une voix étonnamment douce.

– C'est de toi ? demanda Paul.

– Oui. Ça s'intitule « Le Royaume du bout du monde ». J'en ai composé plusieurs.

– Ta voix est comme du velours. Je suis certain que tu auras du succès.

Louisette lui fit un grand sourire.

– C'est gentil. On va se baigner ? demanda-t-elle en montrant un coin de plage entre deux grosses roches.

– J'ai pas de maillot ! Et ça doit être froid, protesta Paul.

– Pas besoin ! Si on peut chanter sans orchestre, on peut bien se baigner sans maillot ! Et quant au froid, rien à craindre. Le soleil des derniers jours a gardé le lac assez tiède.

Le canot alla s'échouer sur le sable. Louisette sauta de l'embarcation et courut vers les deux roches, enleva prestement sa robe-soleil, son soutien-gorge et plongea comme une truite dans l'eau claire. Elle émergea soudain, stimulée par l'onde, sous le soleil pur et chaud de septembre.

– Viens, Paul ! Qu'est-ce que t'attends ? T'es bien prude ! Vite ! Déshabille-toi. L'eau est bonne !

Paul se déshabilla prestement, grimpa sur l'une des roches et plongea aussitôt comme pour se cacher. Il attendit que ses yeux s'habituent au contact de l'eau, puis nagea vers le fond du lac. Un banc de minuscules poissons bruns le dépassa en filant comme l'éclair. Paul pouvait tenir longtemps sous l'eau, un truc que lui avait enseigné son parrain. Après un temps qu'il jugea assez long pour l'avoir impression-née, il rejoignit Louisette sur la roche où elle se faisait sécher.

– As-tu vu Paul ? demanda Annick à Jocelyne, rendue chancelante par l'alcool.

– Je ne sais pas, répondit l'hôtesse en montrant machinalement le lac, aussitôt harponnée par des amies qui sollicitaient son avis sur une juteuse affaire de mariage.

– Tant qu'à se marier, mieux vaut le faire correctement et selon les règles. Jeanne et Albert commencent du mauvais pied.

– Comment ça ? demanda Francine Gagnon, une infirmière de Jonquière.

– Se marier à l'étranger devant un juge, ça ne fait pas un vrai mariage. C'est pas du solide.

– Ici, le mariage civil va être de plus en plus à la mode. De toute façon, c'est du pareil au même.

– Le mariage est un sacrement ! lança Laurette Picard qui avait déjà cinq enfants.

– Dommage que l'adultère en soit pas un. L'Église ferait fortune ! ricana Jocelyne. On pourrait la transformer en bordel !

– Ho ho ! c'est effrayant ! glapit Laurette en rougissant et en baissant les yeux.

– Il y a pas mal de soutanes usées qui aimeraient ça, reprit Jocelyne d'une voix haut perchée, j'en sais quelque chose ! Richard prétend que ça existait, dans le temps, les bordels sacrés.

– Jocelyne, taisez-vous donc ! lança l'une des femmes en pouffant dans son poing, avec l'air d'en redemander.

– En tous cas, poursuivit Jocelyne, je ne comprends pas Jeanne d'avoir épousé un gars comme Albert. Il n'a pas d'ambition. Et puis, il a un tatouage sur le bras.

– Il a sûrement autre chose, rétorqua Francine. Il a réalisé son rêve en épousant la femme qu'il aime. Jeanne ne pouvait plus supporter sa famille. Elle a pensé que le mariage changerait sa vie. Après tout, l'amour et le sexe sont des questions strictement personnelles.

— Interpersonnelles, gloussa Jocelyne, prenant Milenka à témoin. Avez-vous une petite idée là-dessus, madame Reicha ?

— Je n'ai pas de grands discours à faire sur l'amour, l'insaisissable amour, répondit Milenka. Toute passion, quelle qu'elle soit, n'a rien de risible. Au contraire. Selon moi, sans épanouissement sexuel, une femme est mûre pour une psychothérapie.

— Le sexe, le sexe. Y a pas que ça dans la vie ! fit Laurette sentencieusement.

— Non, madame Reicha a raison, approuva Jocelyne. Le sexe, c'est mental. Quelquefois ça marche. Mais la plupart du temps... Les cabinets de spécialistes sont pleins à craquer, la preuve.

— À Chicoutimi, ce sont plutôt les confessionnaux de la cathédrale qui sont pleins à craquer ! dit Francine.

— Ah ça, pour craquer, ça craque par ici, reprit Jocelyne. Ça craque comme des homards : les confessionnaux, les lits, les murs de grange, les soutanes. Crac ! Boum !

— Il ne faut pas confondre baiser avec aimer, lança Milenka. On devrait saisir ce qu'on peut chaque fois qu'on le peut. Après tout, la vie est courte. Chose certaine, si un homme veut garder une femme heureuse, il doit la satisfaire. Malheureusement, il n'y a pas beaucoup d'hommes qui aiment véritablement leur femme.

Jocelyne prit soudain conscience de sa solitude. Elle songeait à sa lune de miel à Venise, mais à ces souvenirs se mêlaient les longues soirées à attendre le retour de Richard. Il la négligeait depuis si longtemps. Pourquoi ne pouvait-il plus être comme au début ?

Elle pensa à tous ces hommes qui lui couraient après et qui la tentaient, à ce qu'ils faisaient avec elle avant de retourner vers leur femme. Elle était jalouse de ces femmes. Jalouse de ces hommes. Jalouse de Richard, jalouse des copines qu'il avait et dont il lui parlait parfois quand il voulait l'excéder. Elle se souvenait des propos du curé Nérond quand il l'avait reçue à confesse pour la première fois : « Le mariage est une ouverture à Dieu. » Agacée, elle chassa Richard de son esprit.

— Tiens, vous voilà, vous autres ! cria Jocelyne en apercevant Paul et Louisette qui venaient de réapparaître.

Annick se tourna vers les jeunes gens, soupçonneuse.

— Où étiez-vous ?

— Sur le lac, dit Paul sur un ton désinvolte. Il avait enfoncé les mains dans ses poches. De toute beauté, n'est-ce pas Louisette ?

— Oui. On a avironné.

— Nous t'attendions, reprit Annick. Il se fait tard et Milenka veut rentrer tout de suite. Tu repars avec elle, moi je reste pour aider Jocelyne.

Paul éprouvait un certain embarras.

— J'espère qu'on se reverra, dit-il à Louisette.

— Les yeux, c'est fait pour ça. *Bye* !

D'humeur chagrine, Milenka parla peu sur le chemin du retour. Elle fonçait dans la nuit silencieuse. Ces « bonnes petites bourgeoises surprotégées », comme elle les appelait, la fatiguaient. Elle regrettait d'avoir accepté l'invitation, et elle pensa un moment que son séjour à Chicoutimi avait assez duré.

Elle donna brusquement un coup de volant pour changer de direction et la voiture se mit à gravir une pente raide. Arrivée à la hauteur du belvédère de la Croix de Sainte-Anne, le rendez-vous des amoureux aux petites heures, elle éteignit le moteur. Chicoutimi s'étendait en bas du promontoire. Des milliers de petits points lumineux semblaient se répondre selon un code secret.

— Ces snobinardes me tapent sur les nerfs, éclata-t-elle d'un coup. Et toi, Paul, tu es revenu bien tard de ta balade sur le lac !

— J'ai bavardé avec Louisette. On a fait un grand tour de canot.

— C'est tout ?

— Milenka ! Qu'est-ce que tu t'imagines ?

Elle reprit.

— Bah ! C'est sans importance. Méfie-toi, Paul. Ne t'attache pas trop à moi… Un jour, je partirai.

Paul se refusait à admettre que Milenka n'était qu'un oiseau de passage. Mais pour l'instant, elle lui offrait le meilleur d'elle-même. Il ne s'en priverait pas.

VI

BARBARA CAMPEAU, l'amie de Montréal, donna un coup de fil à Milenka pour l'inviter à l'ouverture de son cabaret-restaurant. Elle avait décidé de faire les choses en grand.

– Ça tombe bien, répondit Milenka au téléphone, c'est l'Action de grâces... J'arriverai avec Annick, une de mes élèves, et son cousin Paul... Tu viens d'emménager avec l'homme de ta vie ? Formidable ! Tu vas tout me raconter ! J'ai hâte de te voir aussi.

Tous les automnes, Godefroy et Amélie se rendaient à un congrès sur la sécurité routière qui avait lieu, cette année-là, au Château Montebello, sous la présidence d'honneur du premier ministre Jean Lesage. Le voyage des parents coïncidait avec l'invitation de Barbara.

Milenka avait demandé à Annick de l'accompagner.

– Je ne peux pas m'absenter du couvent, avait dit Annick. Et mon oncle Godefroy est très sévère, tu le sais.

– Ils partent jeudi matin. Nous prendrons la route un peu après eux et nous reviendrons mercredi prochain. Ils n'en sauront rien. Et on emmène Paul aussi, évidemment.

– Quoi! Paul? On ne peut pas monter à trois dans la Triumph.

– Ne sois pas sotte, dit Milenka. Je loue une voiture. Paul mérite bien un congé, lui aussi. Je lui donnerai un mot d'excuse en imitant la signature de sa mère. Les curés n'y verront que du feu.

Annick aurait préféré un voyage sans cousin, mais elle ne pouvait le laisser seul à Chicoutimi. Annick sentait toute la responsabilité reposer sur ses épaules.

– Qu'est-ce qui te chicote, Annick?

– Rien…

– Alors, file préparer tes bagages.

La veille du départ, Paul décida de se rendre chez Milenka. Pour échapper à la surveillance d'Annick, il sortit tard le soir, par la fenêtre du sous-sol, et courut au Pied-du-Cap.

Milenka se lavait les cheveux.

– Je suis si content d'aller à Montréal. Laisse-moi t'embrasser, pria Paul, reconnaissant.

– Il est temps que tu voies une grande ville.

Milenka se rinça les cheveux, les emprisonna dans une serviette et fit couler un bain.

– Nous allons le prendre ensemble, si tu veux.

Elle le savonna abondamment et fit couler la douche pour débarrasser leurs corps du nuage de mousse qui les recouvrait. Sortis de la baignoire, ils se dirigèrent vers le salon, laissant sur la moquette du corridor l'empreinte de leurs pas. Elle étendit deux grandes serviettes à même le sol. L'eau qui perlait sur leurs corps attisait leur désir. Même s'il avait pris de l'assurance depuis leur première soirée d'amour, jamais Paul n'aurait espéré un corps à corps aussi intime.

– C'est de la folie ! soupira Milenka, en caressant du pied le mollet de son jeune amant. Je m'en veux, Paul. Tu n'as que quinze ans.

Elle passa ses longues mains dans ses cheveux encore mouillés. Il se pelotonna contre elle, frottant du museau le creux de son épaule, comme s'il cherchait sa protection. Elle le chassa tendrement, mais il s'accrocha. Se souvenant de la leçon de Milenka sur la route du lac Clair, il se glissa de nouveau sur elle. « Mon élève s'initie vite », murmura-t-elle en l'étreignant langoureusement.

Milenka, Annick et Paul partirent comme prévu pour Montréal.

Annick filait déjà un mauvais coton.

Les sourires complices que Paul et Milenka s'échangeaient dans la voiture eurent vite fait de l'agacer.

Paul posait parfois sa tête contre l'épaule de Milenka. Reléguée sur la banquette arrière, Annick ne savait plus que croire. Il lui avait bien semblé avoir aperçu le petit drôle embrasser Milenka à *L'Étape* du Parc des Laurentides. Mais elle n'était pas sûre. Paul eut juste le temps de se baisser pour renouer un lacet imaginaire, tandis que Milenka, l'air distrait, repoussait d'un geste machinal sa mèche de cheveux. La distance l'avait empêchée de bien voir. Elle commençait à penser que Milenka avait organisé ce voyage à trois pour l'éprouver.

Après Orsainville, la forêt se fit moins dense. La route s'élargissait et, au détour d'une descente, la Vieille Capitale apparut soudain. La route s'engouffrait dans une tranchée à travers la plaine, étale et monotone. Au loin, se profilaient les immeubles de la haute ville, les pignons de l'hôtel du Parlement, le Château Frontenac et la tour Price. L'œil se perdait, à droite, vers les banlieues ; à gauche, point de vue saisissant, vers le fleuve et l'île d'Orléans, puis, au-delà, à perte de vue. Devant la majesté du site, Paul se tenait coi.

Annick ne voyait rien. La tension augmenta encore quand, dans les dédales du Vieux-Québec, la voiture s'immobilisa dans une côte abrupte, devant des bâtiments de pierre vétustes dont le rez-de-chaussée abritait des boutiques et des restaurants. Milenka choisit le *Vendôme.*

Tout au long du souper, Annick, négligeant le décor parisien, avait observé les œillades furtives que se lançaient Milenka et son cousin. À un moment, Annick s'était penchée pour ramasser sa serviette. Voir Paul et Milenka se faire du pied lui avait coupé l'appétit net. À la terrasse Dufferin, Milenka s'était appuyée sur Paul en lui enlaçant la taille et ils avaient marché ainsi, côte à côte, vers la rue du Trésor. « Ils se moquent de moi, rageait intérieurement Annick. Ils me traitent comme une dinde ! »

Fourbus tous les trois, ils retinrent une chambre au *Petit Hôtel,* dans une impasse, près des hauts murs du jardin des Ursulines. Paul et Milenka s'endormirent très vite dans des lits séparés.

Annick passa une nuit blanche.

C'était pourtant elle qui avait arrangé cette affaire de « message téléphonique ». Milenka lui avait dit qu'elle regrettait que les préjugés du milieu empêchent les adolescents de suivre ses cours de danse. Il fallait qu'elle finisse par le monter ce spectacle qu'on lui avait commandé pour l'inauguration de l'Académie de ballet. Milenka avait insisté auprès d'Annick : « J'ai besoin que tu m'aides à trouver des jeunes garçons pour ma chorégraphie. Il doit sûrement y en avoir dans ton entourage que la danse intéresse. Parles-en à tes camarades, à ton cousin, par exemple. Je compte sur toi. » Annick avait cédé parce qu'elle ne pouvait rien refuser à Milenka, parce que Milenka était l'être qui comptait le plus pour elle. Mais maintenant, Annick ne voulait pas se rappeler le rôle qu'elle avait joué. « Elle abuse de moi, pensait-elle dans son insomnie. Elle sait que je vais attendre son affection comme une prisonnière, elle le sait. »

Si le cachet européen de Québec avait gagné le cœur de Paul, l'immensité fébrile de Montréal le stupéfia. Après deux longues heures d'ennui à voir défiler sans fin le paysage agricole, Paul demeura saisi devant la frénésie de la métropole, avec sa circulation folle venant de partout et ne semblant aller nulle part. Il n'en revenait pas d'apercevoir, du haut du pont Jacques-Cartier, cette profusion de gratte-ciel qui éclataient en une floraison lumineuse et multicolore. « Une ville électrique » s'exclama Paul, provoquant le rire de Milenka. S'en voulant tout de même un peu de son humeur maussade, Annick esquissa un maigre sourire. Mais le cœur n'y était pas.

— Milenka, quel plaisir ! s'écria Barbara en accueillant son amie. Tu n'as pas changé. Tu as toujours tes airs de marquise.

Et maintenant cette Barbara Campeau !

— Qu'est-ce qui t'arrive, Barbara ? Jamais je ne t'ai vue aussi épanouie. Le regard de Milenka rencontra celui d'Annick. On ne peut pas en dire autant de tout le monde. C'est un décor de rêve, ici ! Tu es superbement installée.

— J'ai un amour de décorateur, dit Barbara. Avez-vous fait bon voyage ? demanda-t-elle à Paul, puis à Annick qui détourna les yeux en pinçant les lèvres.

— Excellent, sauf que sur l'autoroute 20, Paul n'arrêtait pas de nous assommer en lisant les panneaux routiers. Il a compté le nom d'une quarantaine de saints au moins... Au fait, voici Paul... et Annick, une élève de mon cours.

Une élève de son cours ! Milenka avait même hésité avant de le dire, comme si elle la connaissait à peine.

Annick rageait.

— Bienvenue chez moi, dit chaleureusement Barbara. Je vais vous montrer vos chambres.

Écœurée, éreintée, Annick se prépara à prendre un bain. Une grande glace lui renvoyait son image. Elle se trouvait mal faite, sans classe. Elle n'était plus, soudain, qu'une élève de Milenka.

Dans la salle de bains, tout était rose : le lavabo, le rideau de douche, les savons et les serviettes aussi, qui portaient toutes la lettre « B » en monogramme.

— A-t-elle peur de se les faire voler ? grommela Annick.

Elle resta longuement allongée dans la baignoire, les prunelles rivées au plafond où se détachait un ciel en trompe-l'œil d'un bleu immuable. Elle avait cru que Milenka l'aiderait à fuir Chicoutimi. À se libérer. À partir. Mâchant une mèche de cheveux, elle en doutait désormais plus que jamais.

Annick ouvrit à fond le robinet d'eau chaude. Elle lança rageusement l'éponge à ses pieds en faisant gicler l'eau autour d'elle. Certaine que personne ne l'entendait, l'adolescente se mit à pleurer.

Milenka était ravie de bavarder avec Barbara. « C'est ce qui est merveilleux avec une bonne copine, se disait-elle, peu importe le temps qui passe, peu importe ce qui a pu se produire entre-temps, lorsque deux vraies amies se retrouvent, c'est comme si elles ne s'étaient jamais quittées. »

— Es-tu heureuse, au moins, dans ce décor de cinéma ? demanda Milenka à son amie le lendemain.

— Comblée.

— Tu m'avais pourtant dit que tu en avais fini avec l'amour. Il n'y a pas si longtemps, tu étais d'un tel cynisme à l'égard des hommes.

— Les événements m'ont aidée à changer d'idée. Je ne voulais plus me trouver avec un type toujours pressé, tendu, sans délicatesse. Richard, lui, m'a transformée.

— À cause de ça ? fit Milenka en parcourant des yeux l'ameublement luxueux.

— C'était vrai au début, le luxe, l'argent. Mais je me suis prise à mon propre piège. Dorénavant, seul

Richard compte pour moi. Même s'il perdait tout, je le garderais quand même, rien que lui.

— Et le *Canot d'or*? Parle-moi du *Canot d'or*.

— Tu vas voir ce soir à la réception d'ouverture. C'est une idée à moi. Richard m'a conseillée et m'a soutenue financièrement. Pour le reste, il me laisse faire à ma guise. Mais parle-moi de toi. Es-tu toujours contente à Chicoutimi ?

— Je me demande souvent si je tiendrai jusqu'à la fin de mon contrat. J'échappe au cafard comme je peux. Cette ville n'est pas faite pour moi. Chose certaine, les hommes comme le tien n'y pleuvent pas. Constatation affligeante : les vrais hommes se font rares, dit Milenka en coulant vers son amie un sourire de connivence.

— Richard vient justement de Chicoutimi. Si ça se savait là-bas, ce serait mauvais pour sa carrière.

Milenka regarda attentivement le portrait de Richard sur la table de chevet. Elle avait vu la même photo au chalet de Jocelyne Bergeron, au lac Clair.

— Je le trouve un peu sévère. Sur la photo, du moins. Sévère et familier.

— Il ne voit presque plus sa femme, assura Barbara. Il n'en parle guère.

— Je la connais. C'est ma patronne à l'Académie de ballet. Le monde est petit. Je t'envie, tu sais. Sois sans crainte, je ne te le volerai pas. Pourtant, j'aimerais bien moi aussi pouvoir me blottir au creux d'une épaule. J'espère encore une autre vie. La mienne me file entre les doigts.

— Tu sais que je suis ton amie. Si tu décides de t'installer à Montréal, je peux te faciliter les choses.

Pourquoi ne prendrais-tu pas la direction des spectacles au *Canot d'or* ? Tu participerais aux profits.

– C'est gentil. Mais mon monde, c'est la danse.

– Il faudra justement faire venir des troupes. Les entraîner, les faire travailler. Dynamique et intelligente comme tu l'es, tu peux tout faire, de toute façon.

– J'y réfléchirai.

Milenka regarda de nouveau la photo de Richard. Elle revit Jocelyne sur sa terrasse, entourée d'invitées insupportables. Décidément, Jocelyne n'avait aucune chance contre Barbara.

L'ouverture du *Canot d'or* fut un succès. C'était le nouveau club chic dont tout le monde parlait. Milenka ne s'était pas autant amusée depuis longtemps. Le cabaret pouvait accueillir deux cents personnes installées face à une immense scène, en forme de canot couché sur le côté, bordé d'une rampe dorée. Les clients buvaient et mangeaient, tout en assistant aux spectacles.

– C'est une entreprise colossale, dit Milenka à Barbara. Je n'aurais jamais pensé que Richard Bergeron puisse être aussi riche. Mais comment vas-tu faire pour rentabiliser tout ça ? J'en ai la chair de poule rien que d'y penser !

– L'endroit est stratégique, les prix abordables. Avant longtemps, cette boîte sera la plus courue en ville. Nous en ferons un établissement d'envergure internationale.

– Internationale ?

– Oui. Le Québec sera le théâtre de l'Exposition universelle en 1967. Il faut en profiter. Richard a du flair. Il a fait construire des complexes hôteliers un peu partout. Moi, ça me donne le temps de bien monter mon affaire. Si tu quittes le Saguenay, n'oublie pas le *Canot d'or.*

Encore plus que l'aller, le retour à Chicoutimi fut gâché par l'humeur exécrable d'Annick. « Elle ne pense qu'à Barbara », se disait-elle. Elle n'avait jamais autant senti qu'elle ne faisait pas le poids devant Milenka, qu'elle n'était qu'une fillette à côté des deux femmes. Elle se sentirait toujours dominée par le style, la personnalité, la prestance de Milenka. « Jusqu'à ce qu'elle devienne vieille », pensait Annick avec colère.

— Paul, tu vas nous faire traverser le parc, lança Milenka à l'entrée de Stoneham.

La danseuse rangea la voiture sur l'accotement pour donner le volant à Paul.

Annick éclata.

— Es-tu folle ? Et s'il nous arrivait un accident ?

— Écoute, trancha Milenka. Je ne sais pas ce qui te prend...

— Tu ne sais pas ?

— Si tu n'es pas contente, descends ! Je ne veux plus entendre tes jérémiades ni subir ta mauvaise humeur, compris ?

Annick se tut, le visage dur.

Le reste du voyage se termina dans un lourd silence que seules les exclamations de Paul venaient rompre. La nature était belle et rassurante. Les arbres, gigantesques bouquets sauvages, revêtaient leur éclatante parure d'automne. Les bois francs tiraient déjà sur le jaune et le pourpre. Paul éprouvait une joie sans bornes à épouser les courbes de cette route cachée au cœur de la forêt laurentienne, où il n'était pas rare d'apercevoir un orignal s'ébattre dans un lac ou à tout le moins, de voir une tête d'orignal sur le capot d'une voiture.

Au bout de cinq heures de route, Annick rongeait toujours son frein.

Ils parvinrent à Chicoutimi. La voiture s'engagea bientôt dans la longue allée menant à la demeure des Dubuc.

– Tu couches ici ? demanda Annick à Milenka.

– Je ferais peut-être mieux de rentrer chez moi. Les parents arrivent demain soir.

– Reste ! insista Annick. Tu repartiras demain avant-midi.

– Pourquoi ?

– Je… j'aimerais te parler.

– D'accord pour cette fois. Puisque tu y tiens.

« Merveilleux ! » pensa Paul, qui gagna sa chambre en laissant les deux femmes bavarder dans la cuisine. Surexcité à l'idée de retrouver Milenka au déjeuner, il mit quelque temps à s'endormir.

Il fut réveillé au milieu de la nuit par des rires, des bruits de voix étouffées, des gémissements. Il crut d'abord qu'il faisait un cauchemar. Mais il ne rêvait pas. Il rejeta les couvertures, sortit du lit et, mû par l'inquiétude, grimpa à l'étage. Les bruits provenaient de la chambre d'Annick. Paul s'approcha. Par la porte entrebâillée, il les voyait. Annick, Milenka. Nues, enlacées, vautrées dans les draps. La lumière filtrée par l'abat-jour de soie rouge jetait ses reflets flamboyants dans le grand miroir faisant face à la table de chevet. Sur le mur, tout autour, les corps des deux femmes se découpaient comme de gigantesques ombres chinoises. Il entendait Annick murmurer : « Je t'aime, Milenka, ma belle Milenka, je t'aime, je t'aime. »

Paul resta pétrifié. Pareil spectacle le décontenança. Il ne comprenait pas. Il se sentait trahi. Bafoué. Il serra les dents. Les poings. À couteaux tirés quelques heures auparavant, elles étaient maintenant toutes les deux dans ce lit. Paul se rua dans la chambre, agrippa Annick sous les aisselles, la tira violemment hors du lit, la projeta sur le plancher. Un lourd cendrier de verre alla s'écraser contre la plinthe. Paul contempla la scène, les yeux exorbités.

— Calme-toi, dit Milenka en s'enveloppant à demi dans le drap. Hé ! Arrête ! Viens t'asseoir un instant.

Bouleversé, l'adolescent sortit en claquant la porte, retourna à sa chambre, confus de rage et de peine.

Il était trois heures du matin.

Assise par terre, Annick tremblait.

— J'ai peur, Milenka. J'ai peur.

— Allons donc ! Il est malade de jalousie, c'est tout. C'est aphrodisiaque, la jalousie, tu devrais le savoir. Il n'y a qu'une chose à faire dans ces cas-là. Attends-moi.

Milenka descendit tout droit vers la chambre de Paul.

Elle le trouva prostré. Il n'avait jamais ressenti une douleur aussi déchirante. C'était comme si on lui avait planté un pieu en plein cœur. Il espérait que l'aube ne se lève pas.

S'étant penchée vers Paul, Milenka le berçait doucement contre elle en lui parlant à voix basse.

– Dans un moment, tout ira mieux. Demain, nous allons dîner ensemble, chez moi. Je t'expliquerai.

Milenka prit le garçon par la main.

– Viens, lui dit-elle, allons dans la chambre d'Annick.

Paul s'y laissa conduire, tout à sa joie soudaine. Il se sentait à nouveau heureux et aimé. Dans un long frémissement de volupté, il abandonna son corps aux deux femmes. Le reste de cette nuit interminable, il dormit entre Milenka et sa cousine, qui s'inquiétait de plus en plus de la tournure des événements.

VII

DEPUIS SON RETOUR de Montréal, Paul continuait de découvrir les trésors de la bibliothèque et de la discothèque de Milenka. Il se rendait mieux compte maintenant de la mentalité étriquée de son entourage. Si quelqu'un avait un comportement insolite, on sonnait l'alerte et on se lançait à l'assaut du mouton noir. Les mauvaises langues répétaient que madame Reicha ne se contentait pas d'afficher des mœurs dissolues ; elle pratiquait le libertinage, elle le répandait. Bref, elle débauchait la jeunesse locale. La moindre chose qui s'opposait aux normes établies provoquait de véritables épidémies de cancans, volant de clocher en clocher, du bureau de poste à l'épicerie du coin. La machine à rumeurs s'emballait.

– J'vous l'dis : la petite est un peu trop souvent chez cette Milenka du Pied-du-Cap !

– Annick ! Une si pure enfant !

– Paraîtrait qu'on les a surprises en pleins mamours du côté du cimetière !

– Pauvre petite. Elle est tombée entre les mains du diable.

– Pauvre orpheline. Quand on pense qu'on lui donnerait le bon Dieu sans confession.

– J'te dis, la Reicha contamine la jeunesse. Faut pas oublier que c'est une importée.

– As-tu entendu dimanche le sermon de Monseigneur Tremblay ? Il a dit que les communistes veulent faire disparaître la religion catholique.

– Pour moi, la Tchèque doit être communiste. Ces gens-là n'ont pas de morale. La Reicha est un vrai danger public.

– Qu'est-ce qu'elle peut bien trouver d'intéressant à se montrer partout avec le petit Paul à Godefroy ? Il n'a pas seize ans. Ça n'a pas l'air de le gêner de se promener en voiture avec une femme qui a deux fois son âge !

– Comment ça se fait que Godefroy Dubuc, un homme si honorable, ne se rend compte de rien ? Ça me dépasse !

– T'es pas la seule, ma chère ! Faudra bien un jour que quelqu'un le mette au courant.

À la grand-messe, le curé de Sainte-Luce ne ménageait pas ses fidèles. Il tapait dur, décriant les méfaits de l'alcool, les fréquentations au clair de lune des jeunes laissés sans surveillance, ou celles les nuits sans lune, des veufs coureurs de jupons, sans oublier les femmes, toutes celles dont il ne pouvait espérer les visites au confessionnal, qui par nature étaient une occasion de péché. Il n'entendait pas voir des sujets de sermon aussi juteux lui glisser des doigts. Les lieux de débauche avaient sa prédilection. Il avait même interdit, sous peine de péché mortel, d'assister au *Capitol* à la projection de *Et Dieu créa la femme* où Brigitte Bardot tenait la vedette.

Un dimanche, assis au jubé, près des grandes orgues, Paul se trouvait juché au même niveau que le curé dans sa chaire. Le sermon, pourtant un vieux discours débité machinalement au séminaire et à l'église, avait fini par lui donner la peur de l'enfer. Comme si le représentant officiel de la loi et de l'ordre ecclésiastiques lui parlait à lui, en pleine face.

— Malheur à ceux par qui le scandale arrive, clamait le curé. Je me suis laissé dire que, du côté de la rivière, il y a une femme qui sème le scandale dans la paroisse. Comment voulez-vous que nos pauvres enfants grandissent sans avoir dans la tête des pensées impudiques ? Mes bien chers frères, je l'ai toujours dit et je le redis, il n'y a pas de place dans notre paroisse pour des personnes qui ne fréquentent pas la sainte table et qui corrompent nos jeunes gens en se pavanant l'été à moitié habillées dans nos rues et qui s'adonnent aux choses impures. J'en connais qui se sont laissé manipuler par des femmes sans scrupules. Où sont-ils maintenant ? En enfer, mes bien chers frères, en enfer ! Chez le diable, mes bien chers frères, à purger les pires peines à cause de leur instinct charnel ! Ils ont jeté aux orties les valeurs et les vertus de nos ancêtres comme autant de vieux oripeaux. J'espère que nous aurons le courage d'éloigner, de chasser ces causes de péché, pour sauver les âmes de nos enfants. C'est la grâce que je vous souhaite, au nom du Père et du Fils et du Saint-Esprit. Ainsi soit-il !

Deux dimanches d'affilée, Paul, au jubé, dut subir le sermon du curé. Des sentiments confus se bousculaient en lui. La messe continuait. Une douce ferveur religieuse s'infiltrait dans les âmes, sous l'influence des cantiques suaves, interprétés avec componction par le chantre-sacristain, ténor virtuose de la région et bien connu à des lieues à la ronde.

Sur le parvis de l'église, Éloïse Biron, journaliste habitant dans le voisinage du Pied-du-Cap, haranguait ceux qui s'étaient rassemblés après la messe :

– Nos religieuses du Bon-Pasteur ne viennent plus égrener leur rosaire dans notre beau quartier. Chez la Reicha, une orgie n'attend pas l'autre. Il faut agir avant qu'il ne soit trop tard. Cette contagion fait baisser la valeur immobilière des maisons du Pied-du-Cap.

L'abbé Vincent, chargé des cours de français, responsable des enfants de chœur du séminaire et directeur spirituel de Paul, avait fini par convoquer ce dernier. L'esprit fin, aiguisé, il recevait les visiteurs avec grâce et mansuétude. En dépit d'une austérité naturelle, il possédait l'art de parler le même langage que ses élèves sans rien perdre de sa réserve. Ceux-ci lui avaient donné le surnom de « Citrouille », à cause de sa calvitie.

– Parle, avait dit l'abbé. Confesse tes péchés.

Paul s'était mis à raconter, encouragé par l'abbé qui ajoutait : « Nettoie ton âme, mon petit, nettoie, nettoie, sois précis, dis-moi tout... »

– Je l'aime, monsieur l'abbé. Est-ce que j'ai le droit ?

L'abbé Vincent avait bondi.

– Tu me demandes si tu as le droit! As-tu pensé qu'elle pourrait être ta mère ? Elle aussi devrait se confesser! Oui, quelqu'un devrait convertir cette pécheresse. Toi, malheureux, as-tu oublié les commandements de Dieu ? Tu me copieras cent fois pour demain après-midi : « Œuvre de chair ne désireras qu'en mariage seulement. »

Paul bredouilla quelques mots.

– Ne m'interromps pas! Fais ce que je te dis! Et pour l'amour du bon Dieu, ne sers plus jamais la messe. Tes mains sont sacrilèges, maintenant. Tu nages dans le péché. Gageons que tu ne vas pas communier non plus ?

– Je...

– Je vais voir ce que je peux faire pour que cette femme perdue voie la lumière et se convertisse. Et toi, tâche de rentrer dans le droit chemin!

Paul se taisait.

– M'entends-tu ?

– Oui, monsieur l'abbé. J'essaierai, monsieur l'abbé, balbutia Paul en sortant du bureau du prêtre.

Mais Paul était toujours dévoré par la passion. Il manquait ses cours pour aller s'abreuver de tendresse, de baisers, de caresses chez la danseuse. Ses rendez-vous alternaient avec ceux d'Annick qui oubliait tantôt un mouchoir, tantôt un cahier que Paul apercevait en allant chez Milenka. L'influence de l'étrangère sur lui était telle qu'il finissait par imiter sa façon de parler, son accent. Il avait même adopté un bon nombre des expressions recherchées qu'elle utilisait.

Il arrivait de plus en plus souvent que Milenka l'attende au volant de sa voiture dans une rue voisine du séminaire. Le manège n'échappait ni aux élèves ni aux abbés et encore moins aux commères du quartier.

– L'as-tu vue dans son auto rouge ? Elle vient chercher le petit Dubuc. Paraît qu'elle lui fait faire des choses. Paraîtrait aussi qu'elle fait exprès pour laisser les stores levés le soir quand elle se déshabille.

Paul rapporta à Milenka les ragots parvenus jusqu'à lui. Elle prenait un air enjoué.

– J'ai l'habitude des racontars. On ne changera pas le monde et encore moins le monde d'ici. Je suis à prendre ou à laisser. Et je n'ai pas l'intention de changer ma vie pour plaire à des grenouilles de bénitier qui n'ont pas besoin de mon salut pour faire le leur ! Elles peuvent bien aller au diable, les grenouilles. Pendant ce temps-là, moi, je suis aux anges !

Et elle se mettait à rire comme une fillette.

– Tu vas voir, Paul, les abbés vont finir par envoyer leurs soutanes pour essayer de me convertir. Tu vois ça d'ici, une compagnie d'étoles armées de goupillons qui jette de l'eau bénite sur Milenka Reicha ? L'abbé Vincent, peut-être ? Il est pas mal ; je l'ai aperçu dans la cour du séminaire. Costaud, sportif. C'est un bon confesseur ?

Le lendemain, Godefroy entra en scène, d'un air grave. Il était au courant de tout. Voulant épargner une autre scène à Amélie, il avait fait venir Paul à l'Hydro. Après avoir solennellement verrouillé la porte de son bureau, le grand patron fit asseoir son fils devant lui sur une chaise droite. De toute sa hauteur, le père dominait l'adolescent qui baissait la tête.

– Je sais tout, tonna l'ingénieur, l'air menaçant. Il écumait de rage. Tout. Tu es un mauvais élève, tu manques tes cours. Tu mènes une vie de débauché. Il pointa le doigt vers son fils comme s'il eut tenu un revolver chargé.

Paul n'osait rien dire, ni plaider l'innocence, ni avouer sa culpabilité. Des sueurs froides lui coulaient dans le dos. Il avait les mains moites.

– Tu passes ton temps chez cette femme de mauvaise vie. Tu te laisses bourrer le crâne et embrouiller l'esprit avec ses idées de liberté. Tu te donnes en spectacle en public avec cette diablesse. Elle a beau enseigner la danse sur de la musique classique, pour moi, elle ne vaut pas cher.

Godefroy, l'œil en feu, se tut pour reprendre son souffle. Le visage écarlate, la bouche serrée, on aurait dit qu'il allait éclater.

– Tu vas faire mourir ta mère, ajouta-t-il d'une voix éplorée. Je t'interdis de remettre les pieds chez cette importée. Tu m'as compris ? Je te défends de chercher à la revoir.

Paul hocha imperceptiblement la tête.

– Tu comprends ce que je te dis ?

– Oui, papa, dit Paul d'une voix à peine audible.

– Répète après moi : « Je ne chercherai plus à revoir cette femme. »

Paul s'exécuta, en cherchant à prendre un ton plus assuré. Godefroy le foudroya du regard. Après dix minutes de dispute et de réprimandes, entrecoupées des protestations du rejeton, Godefroy coupa court à la discussion, irrité de l'attitude de Paul.

– Va-t-en tout de suite à la maison, fulmina le père, et restes-y jusqu'à ce que je te donne l'autorisation d'en sortir.

Paul s'apprêtait à quitter ce pénible tête-à-tête, plus peiné que vaincu, quand Godefroy l'agrippa par un bras en le serrant à lui faire mal.

Paul grimaça mais n'osa pas relever la tête.

– Torrieux de verrat! jeta le père d'un ton menaçant. Cette femme va quitter la région, tu m'entends, ou je ne m'appelle pas Godefroy Dubuc! J'ai des relations et je vais m'en servir. S'il le faut, j'irai voir Monseigneur Tremblay! Maintenant, déguerpis!

Bouleversé, Paul s'était réfugié dans sa chambre, fermant la porte à double tour. Le dernier argument servi par son père l'avait terrassé. Puis, les heures passant, l'inquiétude avait eu le dessus. À une heure du matin, il s'était précipité vers la fenêtre pour courir vers la maison du Pied-du-Cap.

Il fallait prévenir Milenka au plus tôt.

Milenka mit quelque temps à ouvrir.

– Je me suis enfui, lança Paul hors d'haleine en entrant chez elle. Si mon père s'aperçoit de mon absence, je suis mort.

– Calme-toi, dit Milenka. Raconte-moi ce qui s'est passé.

En petites phrases hachées, nerveuses, Paul défila toute l'histoire.

– Peut-il vraiment te chasser de la région?

– Ah Paul! mon pauvre petit! La vie n'est pas si simple. Il peut me nuire au point où je ne pourrais même pas terminer mon contrat. Je n'ai pas peur de lui, ni des monseigneurs, mais s'il réussit à me faire chasser, je partirai.

– Ne fais pas ça, dit Paul en la serrant dans ses bras, ne t'en vas pas, je t'aime trop !

– Il faut être réaliste. Il est peut-être trop tard. Les critiques et les sarcasmes ne m'atteignent plus depuis longtemps, mais je suis peut-être allée trop loin dans cette ville de province. Ce n'est pas New York, ici.

– Que vais-je devenir, si tu pars ?

– Un jeune homme ambitieux qui va songer à son avenir.

– Je ne pourrai pas vivre sans toi !

– Cesse de dire des bêtises. Laisse-les braire. Ton tour viendra et tu sortiras du troupeau.

Des larmes jaillirent et Paul s'essuya les yeux.

– Tu ne vas pas te mettre à pleurer ! Les gamins pleurent, pas les grands garçons. Tu es presque un homme ! La souffrance tue les faibles et fortifie les forts. Ne me déçois pas.

– Mais qu'est-ce que je vais faire si tu t'en vas ?

– Tu vas te consacrer à tes études, voilà tout. Tu vas devenir quelqu'un. Tu iras étudier ailleurs, en France peut-être. Tu étudieras la littérature…

– Comment peux-tu le savoir ? Mon père veut que j'aille en administration.

– Je le sais. Je sais aussi que tu iras en littérature. Elle montra sa bibliothèque de ce geste théâtral qui lui était coutumier. C'est un univers magique. Tu verras. Il y a une multitude de choses que l'on peut faire en littérature. On en reparlera.

Elle s'interrompit en jetant un coup d'œil furtif vers la salle de bains.

Elle posa ensuite ses mains sur les épaules de Paul.

– Tout va s'arranger, ne t'en fais pas. Maintenant tu t'en vas, mon grand. J'ai des choses à faire. Ça ne peut pas attendre.

Paul se dirigea à regret vers la porte.

– Je t'aime à en mourir.

– Quelqu'un doit mourir, ajouta-t-elle en souriant étrangement. Quelqu'un doit toujours mourir !

Paul restait dans le cadre de la porte, sans comprendre.

– Allez, va.

Milenka demeura un instant sur le balcon pour faire un signe d'adieu à l'adolescent qui s'éloignait, le pas lent. Elle traversa le corridor et ouvrit la porte de la salle de bains.

– Vous pouvez venir, Vincent, dit-elle d'une voix suave.

L'abbé Vincent parut dans la lumière bleutée, sans soutane, sa chemise blanche ouverte.

– On a beau être prudent, ça finira par se savoir, marmonna-t-il en enfilant son pantalon noir. Autant pour Paul que pour moi.

– C'était à vous de ne pas venir me confesser en fin de semaine. Vous risquez beaucoup plus que lui.

– Vous êtes un vrai démon.

– Alors, on la continue cette confession ? suggéra Milenka en se collant au grand corps athlétique de l'abbé.

– Cette conversion, vous voulez dire, murmura l'abbé d'une voix troublée. Vous avez fait de moi un disciple du diable.

– Quel mal y a-t-il à se faire plaisir ? C'est comme ça qu'on gagne son ciel : en étant heureux sur terre. Si seulement je pouvais convertir Monseigneur Tremblay…

— N'y pensez pas. Il a une âme d'inquisiteur, un vrai Torquemada !

— Vous êtes jaloux ?

L'abbé la regarda s'éloigner de lui et se diriger vers le lit.

— Vous me possédez complètement. Tous ces ouvrages avec des symboles francs-maçons, tous ces livres à l'Index dans votre bibliothèque, cette Bible en hébreu et en tchèque...

— J'espère que vous n'êtes pas antisémite, au moins !

— Les Juifs ont assassiné Notre-Seigneur.

— Vous croyez vraiment cette propagande ecclésiastique ?

— Je ne sais pas. Je ne sais plus. Depuis que je suis venu ici pour vous convertir...

— Vous ne veniez pas pour me convertir ni pour me confesser, avouez-le donc.

— Oui, je venais pour ça.

— À minuit passé ?

— Pour éviter d'alimenter les mauvaises langues, pour...

— Venir confesser une pécheresse n'est tout de même pas un péché, dit Milenka en faisant glisser son déshabillé sur ses épaules nues. Assise sur le lit, elle toisait l'abbé de la tête aux pieds. Approchez-vous. Convertissez-moi puisque vous êtes venu pour ça. Montrez-moi le chemin. Je suivrai le mouvement. Parole d'évangile.

VIII

Noël arriva. Milenka était toujours à Chicoutimi. Peut-être attendait-elle le printemps pour partir.

Amélie s'était rendue à une réception chez sa sœur Pierrette à Sainte-Rose-du-Nord, petit village de maisons riantes à flanc de montagne. Sous le rosaire des lumières clignotantes, aux carrefours, des croix étendaient leurs bras protecteurs.

La demeure de Pierrette, en pente douce, n'avait pour limite que le Saguenay. Seule cette côte, encore appelée Descente-des-Femmes, rappelait le nom que portait autrefois Sainte-Rose-du-Nord. Sur les hauteurs de ce versant qui dominait l'Anse-du-Milieu, combien d'Indiennes avaient attendu que leurs hommes reviennent de la pêche ! Au lieu d'utiliser des sentiers tortueux et pierreux, elles se laissaient simplement glisser le long de la pente douce pour aller à leur rencontre. Un soleil tombant enveloppait d'une lueur calme l'anse discrète où la mer et la montagne se sont donné rendez-vous, détachant les détails sans les éblouir. Il fallait être peintre pour rendre la beauté d'un pareil spectacle.

Amélie y retrouvait chaque année ses trois autres sœurs, entre Noël et le jour de l'An, pour passer au peigne fin, en compagnie de quelques voisins, les événements marquants des douze derniers mois. Les têtes de Turc, qui fournissaient par leurs tares les amuse-gueule inévitables, étaient passées au hachoir. Amélie ne prisait guère les médisances, mais elle ne pouvait se soustraire à ces rencontres. Rompre avec la tradition aurait été pour elle un sacrilège. Annick avait maintenant dix-huit ans et, pour la première fois, Amélie avait proposé qu'elle soit aussi de la partie.

Pierrette, infatigable boute-en-train, qui aimait l'action et raffolait des surprises, prenait plaisir à envenimer les commérages. Elle passait pour la plus méchante langue en amont du cap Trinité. Enchantée de l'invitation, Annick savait qu'elle pouvait trouver chez Pierrette une complice pour mettre son plan à exécution : neutraliser l'effet néfaste des rumeurs en faisant inviter Milenka à Sainte-Rose. « Ça mettra du piquant », avait approuvé la sœur de sa tante.

Annick avait aussi convaincu Pierrette, qui était la confidente de la ménagère du presbytère, de demander le curé Nérond. Il ne se faisait jamais prier pour assister à ces rencontres des Fêtes où abondaient pâtés, beignes et gâteaux.

Pierrette convia aussi la journaliste Éloïse Biron, qui rendrait compte de cette fête dans sa colonne de potins dans le numéro spécial du Nouvel An du *Progrès du Saguenay*. À l'affût des événements, elle en suivait le déroulement comme s'il s'agissait des feuilletons télévisés *Les Belles Histoires des pays d'en haut* et *La Pension Velder*. Éloïse n'en reviendrait pas de se retrouver nez à nez avec Milenka Reicha. Et en présence du curé encore. De quoi se scandaliser pour longtemps. Et de quoi faire une série de bons papiers.

Le jour « J », Annick prévint Amélie :

– Je serai en retard à Sainte-Rose. Je prépare une surprise.

À neuf heures, la rencontre s'était transformée en « soirée du bon vieux temps ». Autour des tables de bridge, les invités jouaient au *Neuf* et au *Cinq Cents*. Les remplaçants conversaient en attendant leur tour, tandis que Nazaire, le voisin d'à côté, giguait sur les airs que tiraient de leur instrument le violoneux et le joueur de ruine-babines, invités d'office à toutes les fêtes du village.

Pierrette avait réuni le curé et la journaliste comme partenaires de jeu, inséparables depuis qu'ils s'étaient mis à gagner. Au début, la présence du curé avait un peu intimidé les dames, qui ne savaient trop comment se comporter, s'étant persuadées qu'il valait mieux être dans sa manche. Mais, dès son arrivée, il avait détendu l'atmosphère, avec son allure carnavalesque. Marquant son entrée de son gros rire sonore, il avait secoué sur la carpette la neige qui recouvrait l'énorme casque de poil et le capot de chat, sanglé à la taille d'une ceinture fléchée, dont il était affublé. On ne faisait pas plus typique. Devant sa bonhomie, les langues s'étaient peu à peu déliées. D'autant plus que Pierrette, suivant le plan qu'elle et Annick avaient mis au point, se déplaçait de table en table, semant une goutte de venin par-ci, une traînée de poudre par-là.

La journaliste cancanait sans répit. Elle se mit à décrire les tenues excentriques de Milenka, sa voisine au Pied-du-Cap. « On en entend parler jusqu'à l'Anse-d'en-Haut », disait-elle. Elle s'étendit abondamment sur les pétarades de l'auto sport qui dérangeaient le voisinage, sur les lumières de la maison qui restaient allumées jusqu'aux petites heures, et sur ce que les jeunes allaient reluquer parfois par la fenêtre tard le soir. Les unes accusaient Milenka d'entraîner des jeunes filles de la paroisse dans des orgies, les autres la soupçonnaient d'être une voleuse de maris. Elle était sûrement athée, on ne la voyait jamais à l'église. On disait même avoir vu entrer quelqu'un en pleine nuit chez elle, quelqu'un qui ressemblait à l'abbé Vincent. À cette allusion, le curé devint cramoisi.

Les noms d'Annick et de Paul surgirent bientôt malgré la présence d'Amélie qu'on regardait à la dérobée : les jeunes gens étaient les innocentes victimes de la perverse Reicha. On avait vu la Tchèque les recevoir sur le pas de sa porte, séparément, à diverses heures du jour et de la nuit.

Amélie pâlit. Un ange passa.

Lorsque Annick fit son entrée, accompagnée de Milenka, un silence de mort les accueillit toutes les deux.

– Bonsoir la compagnie, lança joyeusement Annick en saluant tout le monde. Excusez notre retard. C'est la tempête de neige.

Tous les regards s'étaient tournés vers Milenka. La méfiance se lisait sur les visages. Annick comptait sur la présence d'esprit de son amie pour répondre aux interpellations éventuelles. Si, exaspérée, Milenka parvenait à envoyer une bonne pointe aux « adversaires » ou si, mine de rien, elle réussissait à les mettre au pied du mur, Annick et Milenka finiraient par les avoir de leur côté.

Saisissant l'occasion de remettre enfin à l'heure les pendules provinciales, Milenka alla, en toute simplicité, saluer le curé Nérond, enveloppé comme un saucisson dans sa soutane du dimanche, engoncé dans sa respectabilité.

— Monsieur le curé, j'ai enfin l'honneur de faire votre connaissance. Mon père était pasteur en Tchécoslovaquie. Il m'a souvent lu les Saintes Écritures. Je n'ai jamais osé aller vous voir, de peur que les mauvaises langues ne se mettent à raconter que leur bon curé pactise avec la fille d'un pasteur protestant. Avez-vous vu Jocelyne Bergeron récemment ?

Ce dernier marmonna quelques mots incompréhensibles sur le sacrement du mariage.

— Oui, dit Milenka. Jocelyne m'a déjà cité cette très belle phrase que vous lui aviez conseillé de méditer alors qu'elle était si désespérée : « Le mariage est une ouverture à Dieu. » Vous aviez même ajouté qu'étant donné que vous étiez le représentant de Dieu...

— Oui, bien sûr, bafouilla le curé Nérond en tripotant ses cartes.

— C'est exactement ce que mon père disait à ma mère, fit Milenka, narquoise. Et c'était un homme de Dieu. Comme vous, un saint homme. Ne soyez pas modeste, monsieur le curé, Jocelyne m'a laissé entendre que vous saviez bénir comme personne.

Les femmes bougèrent sur leurs chaises, mal à l'aise. Pierrette rompit le silence en éclatant d'un long rire nerveux, aigu. Les autres prirent le parti de l'imiter et ne tardèrent pas à s'interpeller toutes ensemble. On insista pour que Milenka passe le reste de la soirée. C'était l'heure du spectacle. D'abord, la « séance » des petits. Deux jeunes enfants, déguisés en petits vieux, eurent un succès fou avec leur interprétation bien personnelle d'extraits des *Cahiers de la bonne chanson.* Puis, ce fut au tour des plus grands avec les chants de Noël. Pierrette prit son accordéon, Annick se mit au piano pour accompagner le groupe qui chantait à pleine voix *Ça bergers, assemblons-nous, Les Anges dans nos campagnes, D'où viens-tu, bergère ?* Personne ne cognait de clous !

Resté à l'écart, le curé, qui croisait et décroisait les doigts, les joues rouges comme des tomates, cherchait à éviter le regard de Milenka qui le fixait depuis un moment. Éloïse Biron vint à sa rescousse en sortant son appareil-photo.

– On va prendre des photos. Nous, les femmes, on aime bien les photos-souvenirs, hein ? dit l'échotière en poussant du coude sa voisine de table.

Le curé s'apprêtait à prendre congé lorsque Annick eut l'idée de passer le chapeau pour la Guignolée. Les invités approuvèrent et le curé Nérond, l'air faussement embarrassé, les gratifia de son discours de remerciement. Pierrette invita tout le monde à revenir, costumés, pour fêter le Mardi gras, pendant le Carnaval du bout du monde.

Annick avait réussi un coup de maître.

Amélie avait trouvé Milenka si attachante qu'elle l'invita à dîner le dimanche suivant. En apprenant l'invitation, Godefroy s'opposa farouchement. Amélie n'insista pas et renonça. Annick était furieuse.

– Vous n'avez pas le droit d'agir ainsi, avait-elle lancé à son oncle. Vous avez le cœur aussi dur que les pierres de la cathédrale.

– Te rends-tu compte dans quel embarras cette Milenka Reicha a mis la famille ?

– Chaque fois que j'essaie d'aller de l'avant, vous me faites croire que j'agis mal. Tous les invités chez la tante Pierrette ont trouvé Milenka très gentille.

– Je lui fais confiance pour emberlificoter son monde ! Elle a déjà réussi son coup avec toi.

– Vous êtes injuste. Mais vous avez fini de me mortifier. Je vous annonce que je pars. Je retourne à Québec.

– Ingrate ! C'est cette étrangère qui t'a influencée. On se saigne à blanc pour toi. Pour une orpheline, tu as de la chance d'avoir trouvé un foyer comme le nôtre ! Ta mère Noëlla se retournerait dans sa tombe si elle te voyait.

– Arrêtez de prendre vos grands airs. Vous ne m'aurez pas avec votre chantage. Avant longtemps, Paul se dépêchera de quitter la maison et de vous oublier lui aussi. Remettez-moi l'argent que mes parents m'ont laissé pour mes études !

– Tu l'auras, grogna Godefroy, t'inquiète pas. Et je me lave les mains de ce qui peut t'arriver.

Annick ricana.

– Vous me faites pitié.

– C'est ça ! Cours chez la Reicha ! C'est ton genre !

Milenka en avait assez. L'annulation de l'invitation d'Amélie était un autre signe : il fallait partir. Il y avait d'autres villes, d'autres endroits dans le monde.

Annick ne la quittait plus. Elle était presque toujours chez elle. Après la soirée à Sainte-Rose et après avoir annoncé à son oncle qu'elle quittait la région, Annick avait cru que Milenka lui dirait : « Nous partons ensemble. » Mais Milenka lui avait dit que leur aventure n'avait été qu'un flirt et qu'elle partirait seule.

— Tu ne peux pas me faire ça, lui dit Annick. Tu m'abandonnes ? Tu ne m'aimes plus ? Tout ce qui s'est passé entre nous, ça ne compte pas ? Je te prenais pour une amie, pour ma meilleure amie.

— Annick, tu m'as déjà dit tout ça, c'est inutile. Tu as donné beaucoup trop d'importance à nos étreintes. Nous n'attendons pas la même chose de la vie. Ce n'est pas d'une femme comme moi dont tu as besoin pour être heureuse.

— J'avais mis toute ma confiance en toi. Je faisais tout ce que tu me disais de faire, même en dehors des leçons de ballet. On dirait que tu fais exprès de me faire souffrir. Je ferais n'importe quoi pour que tu m'aimes, pour que tu me gardes auprès de toi. Je veux partir avec toi.

Milenka demeura de glace. Annick sortit, fit claquer la porte.

Dans la rue, elle prit sa décision. Deux jours plus tard, elle pliait bagages. Elle eut un bref sourire pour Amélie, mais n'osa regarder Godefroy dans les yeux avant de quitter la maison et de sauter dans un autobus en partance pour Québec. À l'abri des regards, dans le dernier fauteuil libre, à l'arrière, elle éclata en sanglots. Elle pleurait sur ce monde incompréhensible, sur son amour perdu.

Elle pleurait Milenka.

Une fois que l'Académie de ballet eut trouvé un professeur pour la remplacer, Milenka rassembla ses affaires et quitta définitivement la région pour Montréal.

Pendant le reste de l'hiver, tout au long du printemps, puis tout l'été, Paul erra dans Chicoutimi, l'âme en peine. Il avait perdu Milenka, Annick était partie et même l'abbé Vincent avait été muté au Manitoba, sans que personne ne sache pourquoi. L'univers de Paul s'était vidé d'un coup.

Il allait rôder le soir autour de la maison du Pied-du-Cap où il avait découvert le désir, connu ses plus grandes joies, mais plus rien n'était pareil. Tout lui paraissait vide. Les yeux fixes, appelant Milenka à mi-voix, il marchait jusqu'à épuisement dans les rues, parfois jusqu'au P'tit Brûlé ou même plus loin dans la forêt. Lorsqu'il s'aventurait tard au centre-ville, ses pas résonnaient dans l'espace désolé de la rue Racine. Il croyait reconnaître la silhouette de Milenka, mais il se heurtait toujours à des fantômes. Ce n'était jamais elle.

Plus d'une fois, l'idée lui vint d'aller la retrouver à Montréal. Comment réagirait-elle en le voyant ? Elle lui dirait : « Petit, retourne d'où tu viens ! Chicoutimi, c'est fini ! » Et elle lui fermerait la porte au nez.

Cette pensée le terrifiait et le ramenait invariablement à sa chambre. Impossible de fuir. Le roulement des trains lui rappelait la vanité d'espérer un départ pour des destinations improbables.

La nuit venue, Paul sortait son journal intime.

Milenka, j'ai tout aimé de toi : ton regard, ton parfum, tes épaules. Je te le dis, te le redis et te le redirai toujours, tu m'es devenue aussi indispensable que l'air que je respire. Tu es mon aliment, ma raison de vivre. Et tu n'es plus là. Que vais-je devenir ? Je t'aime et ça fait mal. Nous étions si bien ensemble... Tu es Dieu pour moi : partout et jamais là.

Puis, un midi de septembre, alors qu'il se promenait dans la cour du séminaire, le message d'adieu de Milenka lui revint avec plus de force : « Occupe-toi sérieusement de tes études. Ne passe pas ta vie à te ronger à cause de moi. Bouge, agis, évolue. Deviens quelqu'un ! »

Sa décision fut prise. Il allait travailler d'arrache-pied et réussir. Une vie nouvelle, qu'il aborderait avec une audace à toute épreuve, se chargerait d'adoucir sa tristesse. Et plus tard, Milenka et lui se retrouveraient peut-être.

Devenir quelqu'un !

Paul se plongea résolument dans les études, la tête remplie de projets, de prouesses et de rêves. Chaque succès scolaire prenait pour lui un sens nouveau et déterminant. Il attendait dorénavant de la vie quelque chose de grand, d'important, qui le dépasserait.

Souvent, en fermant les yeux, Paul semblait entendre la voix de Milenka : « Tout va bien, petit. Tu es studieux, appliqué. Prépare ton avenir. Tu es sur la bonne voie. »

Et il répondait dans sa tête : « Un jour, Milenka, tu seras fière de moi. »

Deuxième partie

IX

Sous Duplessis, le Québec semblait sommeiller. Mais en réalité, la province ramassait ses forces et la pression montait dans la marmite. Le Québec se mit à rêver à voix haute.

À mesure que diminuait l'influence du clergé et du premier ministre, que tout le monde appelait le « Cheuf », les Saguenéens renforçaient eux aussi leur nationalisme. Ils s'émancipaient, parlaient de libération, de révolution. Le progrès devenait à la mode. On brûlait ce qu'on avait adoré. On écoutait d'une oreille de plus en plus distraite les sermons dominicaux ou, alors, on les écoutait avec un certain doute et le goût de la contestation.

Le Saguenay était secoué par les transformations de la Révolution tranquille, par les nouvelles idées. Le Royaume faisait peau neuve ; mieux, il se forgeait une âme. Il élisait maintenant des députés aux idées avancées, voire radicales. Les mariages diminuaient ; le concubinage devenait courant. Les modes bizarres qui s'emparaient de la jeunesse se succédaient presque au même rythme qu'à Montréal, avec retard, mais tout de même. Sur tout le territoire, on abolissait les séminaires et on créait les polyvalentes, les cégeps ; on démocratisait l'enseignement. Les prêtres, hier si puissants et omniprésents, jetaient leur froc aux orties et relevaient les manches pour changer les couches de leur progéniture.

Les cours de philosophie, qui se transformaient souvent en séances de propagande marxiste ou existentialiste, se poursuivaient dans les bars ou dans l'appartement du prof. Ils se terminaient généralement autour d'une demi-douzaine de bouteilles de bière, d'un joint ou encore sur le tapis ; là, les adolescents expérimentaient les nouvelles idéologies de leurs nouveaux pédagogues. Surtout, ne plus vivre, ne plus jamais vivre comme les parents. Plus de diktats ! Une sorte de délire collectif balayait les comportements traditionnels.

« Liberté ! », clamaient les rebelles en se fusionnant en un corps social de plus en plus bruyant. « Au diable devoirs et obligations. » C'était une époque d'affranchissement sauvage marquée par les excès et, comme toujours, par une gigantesque dose d'illusions et de démagogie.

Les bombes du FLQ faisaient trembler tout ce que le Québec comptait de bien-pensants et de nantis.

Tel un cèdre accroché aux rochers du cap Trinité, Godefroy Dubuc se cramponnait à ses habitudes.

Soumis à la routine de la haute administration régionale que, par orgueil et une paradoxale servitude, il n'aurait pas osé contester, lui, que l'on savait intransigeant, se montrait déçu, amer, plus intraitable que jamais.

— On ferme les églises à présent, disait-il en hochant la tête. Quelle époque ! Les forces du mal triomphent. Dans les bars, les danseuses nues vont servir aux tables ! Les suppôts de Satan sont à l'œuvre partout. On s'en va tout droit chez le diable, Amélie.

Toujours aussi effacée, Amélie essayait de raisonner son mari.

— Tu t'en fais pour rien, Godefroy, ce n'est pas bon pour ta santé. Nous avons cru en certaines choses, les croyances des jeunes sont différentes. Nous ne vivons plus dans le même monde.

— Et qu'est-ce qu'elle a de plus que nous, la nouvelle génération ?

— Toutes sortes de moyens qui n'existaient pas dans notre temps. Tout ce qui est nouveau n'est pas forcément mauvais. On en a peut-être encore à apprendre.

Godefroy discutait et s'énervait. Il était obsédé par une image, celle des cloches des églises qui continuaient à sonner à toute volée pour annoncer dans le vide la grand-messe, où les fidèles ne se présentaient plus.

— Le vide infernal, Amélie ! Un jour, Dieu les punira tous d'avoir transformé le ciel et l'enfer en orphelinats ! Le Seigneur va envoyer des plaies ! Il va punir cette Église de fantômes ! Tu verras ! Et ils finiront bien par revenir à la religion.

– Te rends-tu compte, Godefroy ? Tu rumines sans cesse. Si au moins tu étais heureux d'être resté ce que tu es.

– J'ai raison, c'est moi qui ai raison ; ils sont tous fous !

Amélie le regardait avec compassion. « Tu n'es pas moins fou qu'eux, dans ton entêtement », pensait-elle.

En vieillissant dans ce contexte de libération des mœurs, Amélie s'apercevait qu'elle avait sacrifié beaucoup trop à ses devoirs. Mais il était trop tard pour changer sa vie. Elle avait piétiné ses propres désirs, elle les avait refoulés au plus profond d'elle-même. Au nom de la pureté. Du sacrifice. Du devoir. Du salut éternel. Amélie pensait souvent à Milenka avec une certaine affection.

Les femmes réclamaient l'avortement libre et gratuit. En Amélie, se bousculaient des sentiments contradictoires. Elle enviait les jeunes femmes mais, en même temps, ce qu'elles réclamaient la terrifiait. Ce qui était vrai hier ne l'était plus aujourd'hui. Qu'est-ce qui sera vrai demain ?

En octobre 1970, les bombes sautaient de plus belle à Montréal au nom de la « libération nationale ». « Et à la une des journaux, tous les salauds ont leur photo », ironisait Godefroy, scandalisé, citant Jacques Brel, le seul chansonnier qu'il osait apprécier, non sans méfiance. Il savourait dans cette citation toute l'amertume de l'individu trompé qui tient la vengeance verbale comme seule permise ou accessible. Les mots avaient un pouvoir. Les mots, même sans rime ni raison, lui faisaient du bien. Rodolphe n'avait pas entièrement tort, après tout.

— C'est donc ça, les lendemains de la Révolution tranquille dont on parle tant ? se demandait Godefroy. Ils ont étranglé un ministre avec la chaînette qu'il portait. Où s'arrêtera-t-on ? Ils ont sorti les crucifix des écoles. Ils font sauter des bombes comme en Algérie. Les séparatisses, ça sait pas ce que ça veut, mais ça voudrait tout avoir ! En tous cas, ils donnent pas leur place pour chialer ! Et les jeunes qui ne respectent plus rien ! Ça tombe amoureux comme on éternue ! Ce n'est plus de l'amour, c'est une épidémie.

Les années passaient. Godefroy avait cependant de quoi se consoler des iniquités de l'existence en constatant la réussite scolaire de Paul. Et il ne manquait pas l'occasion de le rappeler à qui voulait l'entendre. Il en avait même parlé à ses collègues d'Hydro-Québec à la réunion d'adieu organisée à l'occasion de son départ à la retraite. Ce sacripant s'était ressaisi à temps. Il avait décroché une bourse. « Mon fils va poursuivre ses études à Paris, répétait Godefroy à la ronde. Un doctorat dans les vieux pays, s'il vous plaît ! » À chaque compliment à l'adresse de Paul, Godefroy opinait du bonnet, serrait des mains avec effusion. Il buvait du petit-lait. Il ajoutait, en ménageant ses effets : « On va sûrement lui offrir d'enseigner à l'Université McGill. À moins qu'il ne décide de faire une carrière diplomatique. Je lui ai toujours imposé une discipline de fer. Ça n'a pas été facile. Il m'en a donné du mal, le vlimeux ! Aujourd'hui, il m'est reconnaissant de ma rigueur. Il a une tête sur les épaules et de la volonté. Ce n'est pas un braillard, lui, ce n'est pas un fumeux de drogue. »

« Y a pas que les péquistes et les fumeux de drogue qui braillent », pensait Amélie, en restant sur son quant-à-soi.

La descente d'avion sur Orly, sous le soleil jaune du matin, réveilla en Paul la mémoire du cœur. Le coup de foudre qu'il éprouva pour Paris fut comme une résurrection. Il sut de prime abord qu'il allait vouer à cette ville la même adoration que celle qu'il avait eue pour l'étrangère du Pied-du-Cap. Une longue histoire d'amour venait de commencer.

Bouillant d'ambition, il arrivait de loin. Encouragé par la promesse d'une bourse d'études, Paul avait mis de côté la totalité de son salaire gagné au cours des deux étés précédents. Grâce à son père, il avait trouvé un travail rémunérateur : lire les compteurs d'électricité dans les quartiers de Chicoutimi. Il avait pu épargner de quoi payer son billet d'avion et ses premiers frais de séjour.

Le petit studio, chichement meublé, qu'il avait déniché sous les combles, quai Voltaire, lui semblait un palais. Souvent, il se penchait au balcon en fer forgé pour admirer le Louvre et la pointe du Vert-Galant où la Seine gris-brun venait frapper ses ondes souillées. Ce n'était pas l'eau pure et limpide du Saguenay ; les bateaux-mouches, trop nombreux et trop bruyants qui la fréquentaient, lui en donnaient parfois la nostalgie.

Sur les quais, les peupliers poussaient leurs frondaisons plus haut que les parapets, mêlant leurs sommets aux cimes des platanes emprisonnés dans les grilles de la chaussée.

Les boîtes des bouquinistes, qui commençaient à s'ouvrir au pont Royal, allongeaient sur les rives de la Seine leur double flanc verdâtre, aux ferrures rouillées, aux gueules béantes. Des kilomètres d'écrits qui auraient laissé bouche bée l'oncle Rodolphe et Annick serpentaient au fil de l'eau. Des bibliothèques gorgées, recelant livres anciens, éditions rares et recueils introuvables, où s'épandaient l'encre et le sang des gens de lettres.

Depuis le temps qu'il rêvait de séjourner à Paris, Paul s'était enfoncé dans la lecture, dès que les obstacles matériels à sa traversée de l'Atlantique avaient été réglés. Il s'était remis aux classiques, puis avait dévoré tout ce qui lui tombait sous la main en fait d'histoires de la littérature française. À l'aide d'un vieux plan du métro qu'il avait trouvé dans une vente de débarras, il avait appris par cœur le nom des stations. Avec la fierté et l'application de l'écolier qui décline *rosa / rosa / rosam*, sans se tromper, il avait aussi étudié le plan de la ville pour arriver à s'y retrouver parmi les nombreux arrondissements. Il se croyait bien armé, avec ses connaissances toutes fraîches, pour partir à la découverte de Paris.

Les premiers contacts avec la réalité de cette fourmilière humaine et la nouveauté du paysage urbain l'avaient saisi. Tout de suite, il s'était mis à faire le tour de son quartier : il n'avait pas assez d'yeux pour absorber les richesses que lui offrait Saint-Germain-des-Prés. Il passait de longs après-midi à flâner dans les rues avoisinantes, ébahi par l'abondance des boutiques d'art, des étalages des libraires et des vitrines des marchands de tableaux. Jamais le petit provincial ne s'était imaginé qu'il pût exister une telle profusion de tableaux, de gouaches, d'aquarelles, de lavis. Chez les antiquaires — qu'il rencontrait à chaque pas — il ne se lassait pas d'admirer les Pinocchios et les Pierrots, les soldats de plomb, les blocs de bois formant châteaux, et de voir avec quel soin ils étaient conservés alors que les jouets de son enfance étaient chez lui traités avec si peu de respect.

En arpentant les artères qui le menaient à la Sorbonne, Paul ne manquait pas de faire un détour pour s'arrêter devant la vieille façade de Saint-Julien-le-Pauvre. Caresser au passage la margelle du vieux puits, traverser, près de l'église, le petit square qui offre une des plus belles vues que l'on puisse avoir, lui procurait une joie sans cesse renouvelée.

Au hasard de ses promenades, ses notions littéraires et historiques prenaient corps. Il n'avait qu'à se rappeler le chat de Baudelaire se frottant à la vitrine de l'hôtel *Pimodan* et le verre d'absinthe que Verlaine posait pesamment sur le zinc d'un bistrot avant de s'engloutir dans la nuit, pour qu'il apprécie sa chance — celle d'être, au fond, doué pour le bonheur et déterminé à profiter des années de vie sorbonnarde qui s'ouvraient devant lui.

« Tandis qu'il traversait la cour de la Sorbonne, Marcel Proust... » Cette phrase, lue il ne savait plus où, lui revenait en mémoire au moment d'aller s'inscrire en littérature. « À la Sorbonne, enfin ! », se répétait-il avec ravissement. C'était là le rêve caressé par les étudiants du monde entier. C'était la cour de l'Olympe, le centre du savoir, la citadelle de l'esprit. L'atmosphère unique qui y régnait le rendait plus léger. Il ressentait une joie si grande qu'il en avait le vertige, une joie qu'il n'aurait pas connue s'il s'était inscrit dans une université de son pays, pensait-il. Paul louait sa bonne étoile qui lui procurait un passeport pour la liberté.

Place de la Contrescarpe, il éprouvait l'impression réconfortante, bien qu'inexplicable, d'être chez lui. Il y respirait à la fois le passé et le présent, pressentait presque déjà l'avenir. Le Quartier latin, bariolé, vivant, joyeux territoire de la jeunesse étudiante, avec ses mœurs et ses modes, était pour lui le cœur de l'Europe intellectuelle, la promesse de toutes les rencontres, de tous les enrichissements. Mai 68 avait laissé des traces. On avait retiré les pavés du boulevard Saint-Michel qui avait été asphalté. Les universités se multipliaient et bouillonnaient.

Au début, Paul eut du mal à suivre certains de ses professeurs qui parlaient vite. Mais il avait de la mémoire et une insatiable soif d'apprendre.

Tous les jours, il se rendait à la Bibliothèque nationale. Les coudes sur la table, il se plongeait dans les livres, les pouces dans les oreilles pour étouffer le moindre bruit. Avec les excroissances dont il ornait ainsi son appareil auditif, il tenait plus de l'extra-terrestre que du bon élève studieux. Cette façon qu'il avait de s'isoler excitait l'amusement des autres. Indifférent toutefois aux ricanements de ses confrères dont il se savait la cible, il s'absorbait dans sa lecture, cherchait tant et aussi longtemps qu'il n'avait pas trouvé la clef. Ce monde nouveau des arts et des lettres qu'il découvrait le captivait. Il lui semblait que les textes — manuscrits et imprimés — se mettaient à vivre, tout comme les estampes, les médailles et les tableaux exposés dans les musées et les galeries. La baigneuse de Renoir faisait des signes à l'entraîneuse dont Toulouse-Lautrec avait immortalisé les nuits, le pur visage dessiné par Matisse se tournait vers la colombe de Picasso.

Le plus souvent, Paul se confinait au Quartier latin et à Montparnasse, explorant toutes les salles de cinéma, passant d'un café-terrasse à l'autre. Il finit par adopter *La Petite Chaumière* du carrefour Buci où, entre deux films, il avalait des croque-monsieur préparés par le patron sur un petit réchaud derrière le comptoir. Le propriétaire portait de longues et mélancoliques moustaches à la Flaubert et de larges bretelles sur sa chemise à carreaux. Sa femme, elle, portait — beau temps, mauvais temps — des gants sans doigts qui ajoutaient un certain charme à son accoutrement et qui lui tenaient les mains au chaud sans l'empêcher de compter les francs et les centimes.

Lève-tôt, toujours heureux de s'emparer de ces premières heures du jour volées à l'activité quotidienne, Paul s'émerveillait des aubes de Paris, quel que soit le temps ou la saison. Mais, pour lui, il n'y en eut jamais de plus belle que celle de ce frisquet matin de novembre où il fit connaissance avec l'île de la Cité, avec son ciel de cendre et, chapeautant les tours de Notre-Dame élégamment corsetées de leur galerie à jour, les hautes maisons grises et froides, le marché aux fleurs aux fragrances aussi multiples que les coloris, le marché aux oiseaux, dont le brillant concert relevait encore les fraîches couleurs, le marché aux croûtes où d'humbles rapins exposaient leurs toiles, les rues mouillées où les chauffeurs prenaient leur premier verre.

Plusieurs étudiants se réunissaient, chez l'un ou chez l'autre, ou se rencontraient aux terrasses des cafés, souvent à *La Closerie des Lilas*. Là, jouant aux existentialistes, ils discutaient à l'infini, refaisaient le monde en sirotant leur café et en mangeant des gâteaux secs, au lieu de travailler. Il était si aisé de s'oublier dans le flot séculaire d'une telle capitale et de son histoire. Dans ce repaire où tant d'écrivains, d'artistes et de philosophes s'étaient donné rendez-vous, Paul s'imaginait entendre encore les éclats de voix ponctuant les débats, que n'arrivaient pas à couvrir les accords des violons et des accordéons accompagnant les flonflons du bal Bullier, en face, où la danse faisait corps avec la poésie.

Comme bien des jeunes qui se lancent en littérature, Paul se voyait déjà poète ou romancier, en tous cas écrivain, promis à la célébrité, figurant en bonne place au Cénacle romantique. Il enviait ceux, parmi ses nouveaux amis — des Québécois et des Français surtout — qui avaient déjà publié des recueils de poèmes, des essais ou des romans. En attendant son heure de gloire, il se faisait la main comme journaliste à la pige pour *Le Soleil* de Québec. Avec sa carte de presse, il pouvait aller à des premières à l'Opéra ou au théâtre.

Il continuait de tenir son journal où il s'appliquait à faire des exercices de style. Comme beaucoup d'introvertis, il écrivait avec plus de liberté qu'il ne parlait quand il voulait exprimer ses sentiments. Il se risquait parfois à y coucher quelque envolée poétique, mais y consignait surtout des impressions de rencontres, des opinions sur des faits divers ou sur l'actualité, des résumés de ses discussions avec des professeurs ou des collègues, des commentaires de lecture. Dans chaque ligne, il tentait de jeter un éclairage particulier sur la réalité d'outre-Atlantique qui lui échappait. Plusieurs aspects de la vie parisienne, insondables pour un néophyte, lui ôtaient de son aplomb. Toutefois, l'omniprésence des trois femmes de sa vie, Amélie, Annick et Milenka — inscrites en filigrane dans chacune de ses pages — contribuait à lui donner un équilibre précaire.

La Délégation du Québec avait pour coutume d'inviter de temps à autre des boursiers à des conférences. C'est ainsi que Paul fit la connaissance de François Martel, ancien Jésuite défroqué qui vivait à Pigalle depuis 1949. Martel portait ce soir-là un léger costume dépenaillé et un foulard gris enroulé plusieurs fois autour du cou. « Il est encore plus laid en personne que sur ses portraits », se disait Paul avec un semblant de gêne. Il réprima un fou rire en songeant, lui·qui avait beaucoup pratiqué Hergé, à Rastapopoulos, ce personnage de *Tintin* qui ressemblait à un nasique et qui n'était pas sans présenter quelques similitudes avec Martel. Derrière ses lunettes d'écaille, ses yeux couleur d'huître étaient cependant pleins de finesse et d'intelligence.

Depuis qu'il s'était volontairement exilé à Paris pour éviter le scandale que n'aurait pas manqué de provoquer sa sortie des ordres, Martel avait vécu à l'écart des grands courants contemporains. Il ne se consola jamais de l'indifférence de sa patrie à son égard. Déraciné, il observait de loin le jeu politique — au Québec comme en France — préférant la littérature, les considérations philosophiques et les analyses sur la vie, la sienne en particulier. Il avait été le maître à penser de presque deux générations de jeunes. Beaucoup l'estimaient courageux ; tous voyaient en lui un original dont le grand art était avant tout la communication.

Dans les semaines et les mois qui suivirent leur première rencontre, Martel, qui aimait la marche, lui fit découvrir à pied « son » Paris.

Rue Mouffetard, dans un quartier pittoresque avec ses rues marchandes de jadis, ils suivirent un homme qui jouait de la flûte pour annoncer qu'il vendait du lait de chèvre. Des ménagères courtaudes, vêtues de robes noires et de châles à franges, se promenaient avec des filets à provisions et des pichets d'étain. Paul s'installa sur un muret pour écouter Martel discourir sur Alexandre Dumas et Max Jacob. Homme de culture, Martel savait raconter ; il pouvait parler de lui et de ses écrivains favoris pendant des heures, avec cette vivacité d'esprit et ce sens de l'humour qui le rendaient si attachant. Impossible de s'ennuyer avec lui.

Ils firent ensuite le tour de l'île Saint-Louis. Poète à ses heures, Martel privilégiait ce lieu pour la noblesse de ses quais ombragés par de grands arbres dont le feuillage dansait sur l'eau.

Paul se disait que Paris était encore plus formidable que dans les livres et au cinéma.

Le jeune sorbonnard n'avait pas l'intention d'attendre que tous les cours dirigés soient terminés pour entreprendre la rédaction de sa thèse. Martel devait partir faire une tournée de conférences, et Paul voulait se recommander de lui pour trouver un directeur qui sache l'orienter comme l'aurait fait son vieil ami.

Le professeur Denis Hautecourt, spécialiste des littératures francophones, accepta de jouer ce rôle. Disert et cocasse, il savait retenir l'attention de ses élèves et stimuler leur participation en classe. Mais c'était dans son bel appartement de la rive gauche, où il aimait accueillir ses étudiants — étrangers pour la plupart — que Hautecourt brillait le plus. Un vrai feu d'artifice ! Féru de voyages et amoureux de la francophonie, il ne tarissait pas sur ce sujet. Déjà impressionnés de se trouver dans un décor qui leur semblait le comble du luxe, les jeunes l'écoutaient avec recueillement leur parler de l'Amérique française, faire des comparaisons entre le Nouveau-Brunswick et la Louisiane, leur montrer du Québec des facettes insoupçonnées. Il les dominait tous par sa verve et son autorité, accentuée par une calvitie qui inspirait le respect et le mettait au-delà de tout âge. Hautecourt était de ces professeurs qui prennent le temps de laisser leur empreinte.

Exalté par la première longue conversation qu'il venait d'avoir avec Hautecourt, Paul se hâta de rentrer chez lui pour coucher sur papier l'essentiel des propos de son directeur de thèse. Celui-ci avait remis à Paul un manuscrit, *Le Diable et son espace*, de Renaud Saint-Denis, un ami montréalais. Il lui suggérait d'en faire une étude comparative.

– Je crois que vous êtes le sujet idéal pour aborder ce thème, avait déclaré le professeur. Je suis sûr que l'expérience vous passionnera. Vous pourriez mettre en parallèle *Le Diable et son espace* et *Les Chants de Maldoror*. Renaud Saint-Denis a beaucoup en commun avec Lautréamont. Il est d'un caractère étrange et il a à peu près le même âge que Ducasse lorsqu'il disparut. À mon avis, les deux textes se rapprochent à plus d'un point de vue. Reprenez-en de larges extraits pour démontrer en quoi ces deux ouvrages s'apparentent au genre qu'il est convenu d'appeler la poésie en prose fantastique, et comment ils annoncent le surréalisme non seulement par l'imagination et l'inconscient, mais encore par la liberté de la langue et du style. Voyez pourquoi André Breton n'hésita pas à considérer Lautréamont comme un précurseur. Faites les recoupements qui s'imposent avec le manuscrit de Renaud Saint-Denis.

Hautecourt n'était pas avare de conseils.

– Explorez à fond le symbole du Mal, tel qu'exploité par les deux auteurs, ajouta-t-il. N'hésitez pas à remonter dans le temps. Vous trouverez sûrement matière à réflexion et à comparaison dans *Le Diable amoureux*. Ce récit de Jacques Cazotte est considéré comme le premier conte fantastique de la littérature française. Relisez Balzac et Gérard de Nerval. Ils ont de profondes parentés avec Lautréamont et Renaud Saint-Denis. Sacré veinard ! Vous avez là une mine inépuisable d'idées. Sachez en profiter. Créez. Amusez-vous en travaillant. Le temps est précieux. Si vous avez besoin d'éclaircissements, venez me voir.

Hautecourt avait raison. Paul s'enthousiasma tellement pour son sujet qu'il consacra tout son temps à ses recherches. Son travail le plongeait dans un état second. Pendant deux ans, il travailla d'arrache-pied, hantant les bibliothèques, n'en sortant que quelques minutes en fin d'après-midi pour croquer voracement la tablette de chocolat qui lui tenait lieu de dîner. Souvent, il ne rentrait qu'à la nuit tombée. Sur la vieille machine à écrire *Underwood* dont son parrain lui avait fait cadeau avant son départ, il bûchait jusqu'au petit jour. Ses longues promenades matinales n'en souffraient pas. Parfois, elles le menaient chez son professeur où, devant un bol de café au lait fumant, les idées fusaient et l'amitié entre le maître et l'élève se renforçait. La plupart du temps, Paul préférait se promener en solitaire pour méditer, mettre de l'ordre dans le bouillonnement des idées qu'entraînaient ses lectures, trancher les dilemmes qu'elles faisaient surgir en son esprit. Il ne laissait rien au hasard, revoyait en pensée des détails, s'assurant que ce qu'il avait écrit la veille tenait debout suffisamment pour qu'il puisse défendre son point de vue. En arrivant à Paris, il s'était promis de réussir ses études pour répondre au vœu de Milenka. Son intention de remplir cette promesse le soutenait et l'éloignait de tout ce qui pouvait le distraire.

S'il était surtout préoccupé de sa thèse, Paul nourrissait d'autres sujets d'inquiétude qu'il ressassait en marchant. À mesure qu'approchait l'heure de la soutenance, le retour au pays se faisait de plus en plus imminent. Allait-il s'installer à Chicoutimi, à Québec ou à Montréal ? La Seine toute proche suivait son cours immuable sous le regard mécanique de la tour Eiffel, alors que Paul, lui, n'arrivait pas à ébaucher un seul projet. Le temps de la « jeunesse folle » achevait, et le plus dur restait à passer.

Même s'il savait que certains membres du jury avaient un préjugé en faveur des étudiants québécois, Paul était malade d'angoisse à l'idée de ne pouvoir répondre correctement à toutes les questions. Ce n'était pas seulement la perspective de manquer à sa promesse qui l'horrifiait, car il comptait, en passant brillamment l'examen, remporter une autre victoire : surmonter sa timidité, se libérer de sa pusillanimité, affirmer sa personnalité. Milenka ne lui avait-elle pas dit : « Deviens quelqu'un » ?

Dans sa dernière lettre à ses parents, Paul avait parlé à mots couverts de ses appréhensions, en espérant secrètement — mais sans trop y croire — qu'ils feraient le voyage pour l'entendre soutenir sa thèse, trois mois plus tard.

Amélie lui envoya une paire de chaussettes vertes qu'elle avait tricotées et des friandises à l'érable avec une boîte de sucre à la crème pour « l'encourager et lui donner de l'énergie », tandis que Godefroy joignait un chèque et un mot au colis : « Je regrette de ne pouvoir traverser la "grande mare" pour l'occasion, mais ta mère et moi sommes de tout cœur avec toi. Ton cousin Richard prévoit s'y rendre. Vas-y mon gars, t'es capable ! »

Agréablement surpris par cet argent qui lui tombait du ciel, Paul fut encore plus heureux que son père ait pris la peine de lui écrire. Ce revirement et cette marque d'affection lui parurent de bon augure.

Le jour J, c'est la tête haute et le sourire aux lèvres que Paul franchit le seuil de l'amphithéâtre Victor-Cousin, avec la certitude que tous les espoirs étaient permis.

Le samedi suivant, Paul enfourcha son vélo et suivit la Seine jusque dans la banlieue, au-delà du Château de Vincennes. Après l'épreuve de la thèse qu'il venait de traverser, il avait bien mérité cette première journée de vacances loin du bourdonnement de la circulation parisienne.

Il s'arrêta sur une plage près d'un village anonyme. Il regardait les péniches s'éloigner sur le fleuve, puis disparaître derrière les lourdes portes d'une écluse. « Pour appeler ça un fleuve, il ne faut pas avoir connu le Saint-Laurent, ni avoir vu l'embouchure du Saguenay », pensait Paul. Absorbé dans sa rêverie, il n'avait vu passer ni les minutes ni les heures. Tout à coup, il se sentit observé. Debout, sandales à la main, une jeune femme l'examinait.

Elle était jolie.

Paul l'invita à s'asseoir près de lui sur le sable noir. Sans ambages, ils parlèrent de tout et de rien. Tout était neuf, fragile et familier à la fois. Un autre chaland passa au ralenti. Ils entendaient les échos des voix fortes des mariniers. Campée sur les coudes, Julie étalait sa demi-nudité. Sur le pont avant, les mariniers oisifs se prirent d'un fou rire qui gagna les jouvenceaux. Le couchant s'éternisait, brouillant ses nuages de feu avec l'ardoise de la nuit. Paul regagna doucement son quai Voltaire, ses peupliers, ses bateaux-mouches et ses touristes bruyants. Julie le suivit dans sa deux-chevaux.

Tout à l'euphorie de cette rencontre, Paul invita la jeune fille à s'installer chez lui. Ils s'aperçurent très vite qu'ils n'avaient rien en commun. Elle le trouvait bien provincial. Il la jugeait superficielle. Elle était indifférente à son mal du pays qui, même à la fin de son séjour, le rongeait. Il l'estimait insensible. Elle aimait sortir la nuit, se lever à midi, aller chez le coiffeur l'après-midi, courir les boutiques. Paul, qui sur les conseils de Hautecourt apportait d'ultimes corrections à sa thèse, aurait aimé avoir en Julie une oreille attentive. Elle aurait voulu qu'il soit conforme à son rêve romanesque, qu'il emprunte une échelle de soie pour grimper à sa fenêtre et la cueillir dans son lit. Bref, ils s'empoisonnaient l'existence.

Le jour où il alla remettre à son professeur la version définitive de sa thèse qui devait être publiée et déposée aux archives, Paul reçut un message de son cousin Richard :

> Paul, je suis de passage pour affaires. Je comptais assister à ta soutenance, mais je n'ai pas pu me libérer à temps. Tes parents ont été bien déçus de ne pouvoir y être. J'ai hâte de te revoir.

Paul l'invita à un dîner improvisé à son studio. Julie était absente. Il remarqua la cravate bleue, ornée d'une épingle dorée en forme de canot. Ils évoquèrent leur ville natale, le *Canot d'or*, puis la parenté.

— Amélie et Godefroy jouent encore aux cartes avec ma mère, raconta Richard. Ils collectionnent les articles que tu écris dans *Le Soleil*.

Richard rentra tôt à son hôtel car il devait se préparer à assister à des réunions d'affaires. Mais, tous les jours suivants, il s'arrangea pour voir son cousin.

Paul venait de trouver un ami, même s'il ne comprenait pas comment un avocat aussi occupé pouvait avoir envie de passer tant de temps avec lui.

Un soir qu'ils dînaient à une terrasse, Richard parla longuement de ses affaires à Paul. Au digestif, il adopta un ton plus personnel.

— Ton père, que j'ai vu avant de partir, m'a fait des confidences. Il a beaucoup changé, tu sais. Il se sent vieillir et veut te donner ton héritage de son vivant. Il m'a autorisé à t'en parler, même s'il compte te donner les détails lorsqu'il te verra. De mon côté, j'ai réfléchi. J'ai une proposition à te faire. J'achète ici et là des immeubles à Montréal. Associe-toi avec moi. Je vais commencer par t'avancer des fonds. Plus tard, tu pourras placer une part de ton héritage dans des actions de ma société. Si tu suis mes conseils, tu peux multiplier ton avoir en quelques années.

– Mais je ne connais rien aux affaires. Pourquoi ferais-tu cela pour moi ? demanda Paul, perplexe.

– Je ne cherche plus à gagner de l'argent. J'en ai, et beaucoup. Mais j'apprécie les jeunes gens intelligents qui foncent. La littérature et les affaires ne sont pas forcément incompatibles, contrairement à ce qu'on pense. J'ai besoin d'un responsable aux affaires publiques capable de rédiger des discours, de veiller à la qualité de la publicité et de mettre ma société immobilière sur la carte. J'en ai assez...

Richard s'interrompit. Son visage se rembrunit.

– Excuse-moi, des pensées sombres me traversent souvent l'esprit comme ça, sans crier gare. Depuis quelques années, ma vie a été bouleversée par plusieurs crises. Mon divorce d'avec Jocelyne, d'abord, qui m'a mis psychologiquement à rude épreuve.

– Psychologiquement ?

– On éprouve parfois pour certaines personnes des sentiments enfouis tellement loin qu'on ne soupçonne même pas qu'ils existent. La vie est mystérieuse. Enfin, j'ai divorcé. Puis j'ai épousé Barbara. Mais la maladie l'a emportée après un an de vie commune.

– De quoi souffrait-elle ?

– De leucémie. Je l'ai soignée, je l'ai veillée. Avant de mourir, elle m'a dit : « Richard, ne te fais pas de mal, ne cultive pas la tristesse. Là où tu iras, je serai à tes côtés. » Quelques jours après ses funérailles, j'ai...

j'ai tenté de me suicider. J'ai bien failli réussir. La vie a repris son cours. Mais je n'ai pas vraiment recommencé à vivre. Je reste hanté par son souvenir.

– J'ai connu Barbara si énergique.

– Elle tenait beaucoup à son *Canot d'or*, mais elle avait dû le vendre. Un dur coup pour elle. Milenka l'a aidée pendant quelques années.

– « Milenka » soupira Paul, pendu aux lèvres de son cousin.

– Oui. Jusqu'au jour où Milenka s'est volatilisée pour aller vivre dans le Massachusetts. Ça aussi, ç'a été un choc.

– Je ne l'ai pas revue depuis son départ précipité de Chicoutimi. Je ne savais pas ce qu'elle était devenue. As-tu entendu parler d'elle dernièrement ?

– Pas depuis les obsèques de Barbara. Nous avions projeté un voyage au Brésil avec elle et son mari.

– Milenka s'est remariée aussi ?

– Oui. Mais Barbara est morte juste avant le voyage. Elle n'a jamais pu revoir Milenka.

– C'est triste. Mais tu as encore de belles années devant toi, Richard. Tu sembles en bonne santé.

– Ça se détériore un peu et je dois faire attention. Je ne suis plus de la première jeunesse. Mais parlons plutôt de nos projets à nous. Je cherche un homme de confiance, imaginatif et qui a le sens des affaires publiques.

– J'étudie depuis des années. Je n'ai encore aucune expérience sauf comme journaliste à la pige.

– Tu apprendras vite. Le jeu de l'argent est passionnant. Toi, tu as ce que je n'ai plus : l'enthousiasme. Pour se placer dans la vie, il faut compter sur des influences et jouer des coudes le plus jeune possible.

Richard exposa son plan en détail. Un projet de construction immobilière de plus de cent millions de dollars mijotait au Québec. Il y aurait des expropriations, et les maisons situées dans l'aire du projet allaient doubler de valeur. Il s'agissait pour Paul de se faire accepter, de mettre la main sur une trentaine de propriétés du Plateau Mont-Royal et de contribuer à la promotion de l'entreprise. La stratégie consistait à rendre visite à des propriétaires pour leur dire qu'il souhaitait obtenir une option d'achat de deux mois sur leur maison.

— Et s'ils refusent ?

— Ça me surprendrait parce que tu vas leur offrir chacun 25 000 $ et que cette somme leur restera si l'option n'est pas prise.

— Autrement dit, ils gardent la somme de toute manière ?

— C'est ça. En entier.

— Laisse-moi voir, dit Paul, interloqué. Si je comprends bien, le premier versement se chiffrera à pas loin d'un million. Qui va financer l'opération ?

— La banque, bien sûr. Si les propriétaires acceptent notre offre, nous aurons les coudées franches pour la seconde étape, quand les promoteurs du projet viendront pour acheter à leur tour. En agissant rondement, tu peux bloquer les titres de plusieurs propriétés en attendant les premières offres d'achat.

— De ta société immobilière ?

— Tu comprends vite.

Paul était soufflé : tant d'argent, tant d'audace, tant de chance. Pouvoir, dès la fin de ses études et sans avoir cherché d'emploi, travailler avec un homme que tout le monde connaissait, dont la vie professionnelle avait été jusque-là couronnée de succès, était absolument inouï.

— Et quels seront les profits dans cette affaire ?

— Deux millions au bas mot. Tu en gardes la moitié, je garde le reste. C'est toi qui mènes l'opération du début à la fin. S'ils se révèlent à la hauteur de la tâche, je laisse toute latitude à mes collaborateurs. Dès que tu peux rentrer au Québec, avise-moi. Nous prendrons les arrangements nécessaires. Je ne te fais qu'une mise en garde. Tu connaîtras un monde sans pitié, avec de grandes satisfactions, mais des déceptions à l'avenant. Si tu veux une vie extraordinaire, il faudra te passer des soutiens habituels qu'une vie ordinaire procure aux gens ordinaires.

Paul était prêt pour cette nouvelle aventure. Mais il y avait Julie. Une femme qu'on n'a jamais vraiment aimée devient vite encombrante. Il ne savait pas comment la quitter. Hésitant sur le parti à prendre, Paul se confia à Richard. Sa réaction ne se fit pas attendre.

— Parle-lui franchement. Il faut sortir de ce bourbier au plus vite. Elle résistera sans doute, mais elle finira par céder. Règle ça rapidement... À moins que tu ne l'aimes encore.

— Celle que j'aime encore c'est Milenka. Je me souviens de la dernière fois que je l'ai vue. C'était le 30 janvier, deux jours avant qu'elle parte. Elle avait l'air d'un aigle en plein vol avec les pans de son énorme manteau russe. Je n'arrive pas à l'oublier. Je conserve même, depuis toutes ces années, les chansons et les poèmes que je lui ai dédiés. Tu vas me trouver bien sentimental.

Les deux hommes étaient faits pour s'entendre. Paul mit en pratique les conseils de Richard dès le lendemain. Alors que Julie se préparait à sortir, il la retint et alla droit au but.

– Je retourne au Québec bientôt. Profitons-en pour mettre tout de suite un terme à notre courte aventure. Elle ne signifie plus grand-chose.

– Je n'avais pas l'intention de t'accompagner, figure-toi. D'ailleurs, j'attendais le moment propice pour te demander la même chose. J'ai déjà trouvé un homme qui me satisfait, lui. Justin. Il est Breton.

– Justin ? C'est lui tes week-ends à la campagne chez ta grand-mère ?

– Tu devines juste.

Paul se sentit libéré d'un poids.

– Je n'emporte que mes livres et mes disques. Si tu as besoin des meubles, arrange-toi avec la logeuse après mon départ.

– Rien d'autre à me dire, mon p'tit Félix Leclerc du Canada ?

– Pardon, du Québec !

– Oh ! ce provincialisme ! Tiens, Justin te ressemble avec sa Bretagne. C'est bizarre, je choisis toujours des mecs comme ça, je ne sais pourquoi.

– Toute guenille trouve son torchon, comme on dit chez nous. Tu vois que, moi non plus, je ne me suis pas fait de cadeau.

Elle fit un pas dans le corridor.

– À propos de cadeau, tu peux garder mon faux Degas, ajouta-t-elle, insolente. Ça les impressionnera, au Québec.

– Ils n'ont jamais vu ça là-bas. Ils collectionnent seulement les vrais, rétorqua Paul, irrité.

Enfin seul, Paul marcha vers la fenêtre, songeur. Il contempla un instant les lumières qui brillaient aux abords de la Seine. La sonnerie du téléphone retentit, mais il refusa de se laisser tirer de sa rêverie et l'oublia jusqu'à ne plus l'entendre.

N'eût été Richard, Paul aurait peut-être poursuivi son séjour jusqu'à ce qu'il trouve un emploi. L'offre tombait pile. Même s'il se sentait attaché à Paris par toutes ses fibres, sa famille et son pays l'appelaient encore davantage. Il sortit faire les cent pas sur le pont des Arts. Ce n'était déjà plus une habitude. Accoudé au beau milieu, comme il le faisait à Chicoutimi sur le pont de Sainte-Anne, il s'extasia une fois encore devant le plus humain et le plus exaltant des paysages du monde. Il aurait toujours pour cette ville, qui lui avait tant appris, une amoureuse reconnaissance.

Il ne reverrait plus, les jours d'apparat, les immortels se rendant à l'Académie française, en bicorne et en habit vert. Il ne reverrait pas non plus les retraités mélomanes envahir les chaises des premiers rangs aux concerts des jardins du Luxembourg. Il ne reverrait plus la Seine et ses quais garnis de livres, ni les péniches et leurs mariniers gouailleurs qui, à voguer sur ses eaux, s'étaient imprégnés de siècles d'esprit parisien.

La nuit tombait. Paul revint vers son appartement, mais au bout du pont il se retourna pour noter cette phrase extraite de *La Marche à l'Étoile* de Vercors, gravée sur une plaque :

Ce lieu du monde, unique et prestigieux,
qui hantait ses pensées, nourrissait ses rêves
exaltait son âme : le pont des Arts.

Paul se promit de prendre enfin le temps de lire ce livre en entier dès son retour au pays.

Il rentra boucler ses valises. Il caressa son studio d'un œil attendri. La table de paysan qui lui avait servi de table de travail et le fauteuil louis-philippard qu'il avait achetés aux puces étaient là pour Julie. Cédant à une irrépressible mélancolie, il se surprit à fredonner *Je reviens chez nous* de Jean-Pierre Ferland.

Dehors, une pluie fine jetait un halo autour des réverbères. Il appuya le front contre la vitre. Il avait déjà quitté Paris. Il était désormais libre.

Libre de rejoindre Milenka. Un jour.

X

PAUL s'envola vers Montréal, décidé à y percer. Il commença par acquérir de nombreux immeubles qu'il raflait parfois pour le prix des taxes. Richard insistait pour que son protégé se constitue un solide portefeuille immobilier.

Les activités de Paul furent interrompues un an plus tard par la mort de sa mère qui succomba à une longue maladie. Il se rendit aux funérailles à Chicoutimi avec Richard.

Annick était déjà arrivée. Depuis son départ du Saguenay, elle n'y avait jamais remis les pieds. Les souvenirs pesaient lourd. Une sorte d'indolence semblait être descendue en elle, une indifférence que Paul ne lui connaissait pas et qui le déroutait. Sa vie gravitait autour du Conservatoire de Québec où elle enseignait le piano.

Au moment de la mise en terre du cercueil, au cimetière de la Colline, Godefroy avait maladroitement posé la main sur l'épaule d'Annick pour tenter une réconciliation. La jeune femme avait esquissé un sourire et était demeurée immobile, comme absente.

Pendant le goûter ensuite offert aux intimes dans la maison familiale, Paul la rejoignit sur la véranda. Elle se tenait à l'écart, le regard perdu dans la sérénité du paysage. La verdure et les arbres avaient gardé ce caractère de douce permanence. Jusqu'aux clôtures de pierre qui évoquaient les travaux héroïques d'épierrement à bras, entrepris jadis par le grand-père Dubuc. Partout, stabilité, calme, durée.

Annick avait beaucoup de chagrin. À la veille de sa mort, Amélie avait ôté pour la lui laisser l'opale qu'elle avait toujours portée. Jamais Annick ne se déferait de cette bague.

— Ma tante était remarquable, dit-elle avec émotion. Après la mort de mes parents, elle avait tout fait pour me consoler. Elle nous aimait beaucoup tous les deux, Paul. Le curé Nérond a eu bien raison de parler de « femme forte de l'Évangile », dans son homélie. Il y a des choses dans la vie qui nous font changer... On est changé pour toujours. J'ai fait un trait depuis longtemps sur mon passé. Toi aussi, j'espère.

— Euh... je rêve encore à Milenka, je rêve aux nuits du Pied-du-Cap. Et toi, Annick, comment t'en es-tu sortie ? Nous avons connu de bien bons moments ensemble, toi et moi. Mais je ne te reconnais plus. Je te regarde et j'ai l'impression de voir une...

— Une morte, murmura Annick en jetant un regard étrange à Paul.

– Non, dit Paul en reculant légèrement, ce n'est pas ce que je voulais dire.

– En tout cas, je n'ai de cœur à rien. Je me laisse porter. Écouter mon cœur n'a jamais servi qu'à me faire écorcher.

– Es-tu donc si malheureuse ?

– Pour le moment, ça va. J'ai trouvé une compagne dépareillée. Nous nous entendons bien, dans l'ensemble. Mais il y a bien des poissons dans la mer...

– Ah bon ! ça, c'est toute une nouvelle ! Je pensais que Milenka t'aurait suffi comme expérience avec les femmes.

– Les rares hommes que j'ai connus n'ont réussi qu'à me compliquer la vie. Je suis ce que je suis et je ne m'en plains pas. Il n'en tient qu'à toi d'en faire autant, Paul.

– Ça va bien depuis que je suis associé avec Richard. Je suis heureux qu'il me fasse confiance. J'ai tant de choses à apprendre que j'ai l'impression de n'avoir rapporté de Paris qu'un bout de papier à afficher au mur. Les journées sont longues, mais je suis content. Le soir, pour me détendre, je noircis du papier pour écrire un roman... Un roman d'amour sur Milenka.

Annick regarda Paul durement.

– Roman d'amour ? Qu'est-ce que ça veut dire, un « roman d'amour » ? Ne te mêle pas d'écrire un roman ! Surtout sur Milenka. T'as beau avoir étudié en littérature, ta plume n'aura jamais assez de profondeur.

Décidément, Paul ne reconnaissait pas Annick. L'air lugubre, il rejoignit le petit groupe d'invités, qui parlaient de l'expropriation du terrain des Dubuc, pour la construction d'une voie rapide vers Tadoussac.

Exigence des temps modernes, massacre d'un passé émouvant ancré au cœur de la famille et qui ne sera plus qu'un souvenir emporté par le temps. C'en était assez pour Paul. Un mot d'adieu, des serrements de mains, et il reprit la route de Montréal avec Richard.

Godefroy fit revenir son fils quelques mois plus tard. Le médecin prétendait qu'il se laissait mourir, rongé par la solitude. Peut-être aussi par le remords.

En apercevant Paul, le visage de Godefroy s'éclaira d'un maigre sourire. Il se demandait s'il avait agi pour le mieux avec lui. Sa génération avait vécu dans le conformisme. Son fils appartenait à une jeunesse plus spontanée, plus chaleureuse. Il se demandait quel était le sens de la vie pour tous ces gens qu'il avait connus et pour tous ceux qu'il ne connaissait pas, qui venaient, repartaient, vagabondaient dans le temps et l'espace. Godefroy avait eu la chance de toujours vivre et travailler au même endroit, sans gloire et sans profit, de ne jamais se déraciner. Maintenant, il sentait qu'il allait partir, lui aussi. Pour le dernier voyage.

Paul reconnaissait que ses parents n'avaient pu donner plus que ce qu'ils avaient eux-mêmes reçu. Sous maints rapports, son père avait été généreux avec lui. Le temps avait effacé les moments pénibles vécus dans la maison familiale. Paul pouvait-il encore en vouloir à un homme qui, en son temps, avait été privé de sa jeunesse ? Pour l'heure, tout en son père révélait cette grandeur secrète. Le sang, les vertus des ancêtres, la qualité des hommes du passé l'imprégnaient tout entier.

Ils s'installèrent dans les fauteuils râpés, devant la fenêtre du salon, face au Saguenay. Le soir venait, accompagné d'une brume pourpre. Paul fixait de ses yeux tristes la frêle silhouette de son père emmitouflé dans son vieux peignoir de flanelle, les pieds dans ses pantoufles usées. Godefroy Dubuc se racla la gorge. Le chêne qu'il avait été jadis s'était rabougri, déformé par le temps, vidé de son énergie.

— Bien content de te revoir, Paul. Tu sembles en bonne santé.

— Oui. Merci, papa. Et vous, comment allez-vous ?

— J'ai pris de l'âge. J'ai fait mon temps, je n'ai plus d'intérêt pour grand-chose, même pas pour le grand jardin qui faisait notre fierté à ta mère et à moi.

Paul observait son père traîner sur les voyelles, son sourire douloureux. Il avait le sentiment qu'il aurait dû l'aimer davantage.

— Il ne faut pas vous laisser aller, papa. Sortez donc un peu.

— Il y a une chose qu'il faut que je te dise, ajouta Godefroy d'un ton plus grave. Depuis que ta mère est partie, je me sens déboussolé. J'entends la voix d'Amélie résonner dans mes oreilles. Je me retrouve régulièrement au cimetière, les mains pleines de fleurs. Je les dépose sur les pages de granit blanc du grand livre sculpté sur le monument, tu sais, le livre ouvert vers nous, qui repose sur la poitrine de la Sainte Vierge ? Je relis les noms de mes aïeux, de mon père, de ma mère, de Rodolphe, de Noëlla. Puis d'Amélie à qui je parle. Et elle me parle.

Il se tut et jeta vers Paul un regard d'une grande tendresse. On aurait dit les yeux d'Amélie. Il eut un geste las.

– Oui, Paul, elle me parle. Je ne l'ai pas souvent écoutée de son vivant mais, cette fois, j'ai décidé de l'écouter. Je voulais léguer mes biens à l'évêché, mais j'ai changé d'idée. Richard a dû t'en parler. C'est devant la Sainte Vierge au cimetière que j'ai décidé ça, comme si c'était écrit dans son livre ouvert, comme si ta mère lisait le livre à haute voix à côté de moi. Je t'ai fait revenir pour te dire de vive voix que je te lègue tous mes biens, maison, ameublement, argent, propriété, tout. C'est ce que ta mère aurait voulu, j'en suis sûr. Tous les papiers sont prêts.

– Papa...

Godefroy interrompit Paul en levant une main tremblante, tandis que ses yeux gris acier reprenaient lentement la place de ceux d'Amélie.

– Je ne me suis pas toujours montré tendre avec toi, mais je n'avais pas le choix. Les corrections que je t'ai données, c'était pour ton bien.

Godefroy se tut, le regard perdu au loin vers le Pied-du-Cap, en portant un mouchoir à son front.

– Cette étrangère, l'as-tu revue ? demanda-t-il.

– Milenka ? Non.

– Je pensais à elle l'autre jour, au cimetière... Ta mère me parlait et je me suis rappelé que je lui avais interdit de l'inviter chez nous, tu te souviens ?

– Oui, papa.

– J'entendais ta mère qui me le reprochait. Je n'osais pas regarder le monument de la Sainte Vierge... C'était comme si... Je deviens peut-être fou, mon petit, mais je vais mourir, alors autant te le dire : c'était comme si j'avais dit non à la Sainte Vierge. Comprends-tu, mon garçon ?

– Je dois beaucoup à Milenka, papa.

— Tu étais trop jeune, mais elle t'a sans doute appris des choses que je ne saurai jamais. Des choses qui sont peut-être écrites dans le grand livre en pierre du cimetière. Je vais avoir l'éternité pour le lire. Elle t'a éveillé à tes possibilités mieux qu'Amélie et moi n'étions capables de le faire. Je le sais maintenant. J'ai réagi par la dureté à la tendresse de ta mère. Je ne comprenais pas.

— Papa...

— Ne m'interromps pas, laisse-moi parler... Je me fatigue vite. Ta mère a été l'être le plus exceptionnel que j'ai connu. Sans elle, ma santé et ma patience auraient failli bien avant. On est restés ensemble toute notre vie. Quand deux êtres s'aiment, qu'importent les différences, ils doivent rester ensemble. Mais comment savoir si je l'ai rendue heureuse ? On découvre toujours trop tard les gens qui nous ont aimés. Je me sentais parfois isolé, exilé parmi ceux à qui je voulais du bien. Il faut toute une vie pour apprendre à devenir un homme et je ne suis pas du tout certain d'y être parvenu.

Il leva les yeux vers son fils.

— Y parviendras-tu, toi ? demanda Godefroy avec un sourire d'une étrange douceur.

— Je continuerai à essayer.

Paul était déchiré à l'idée qu'il allait bientôt perdre son père sans l'avoir vraiment connu, sans en avoir eu le temps, sans en avoir pris le temps.

— Qui sait, tu as peut-être compris le sens de la vie mieux que moi, dit Godefroy, la voix fragile comme la fêlure d'une faïence. Comment savoir ? Ici-bas, tout est transitoire, mystérieux. Lorsqu'on approche comme moi de la fin, on voit la vie sous un autre jour. On entend des voix. On entend parfois de la musique aussi, de la très belle musique. C'est peut-être la folie. C'est peut-être Dieu.

Il se tut et contempla un moment son fils, le sachant maintenant solidaire, dans le temps et dans l'histoire, de la génération précédente. Godefroy constatait ainsi que ses sacrifices et son labeur, comme ceux de ses propres parents, « bâtisseurs de pays », n'allaient pas être totalement perdus.

— Tu sauras mieux t'en tirer que moi, reprit-il. Dans ta dernière lettre, tu me disais que tes affaires allaient bien.

— J'ai fait de bons placements grâce aux conseils de Richard.

Godefroy sourit.

— Je suis sûr que tu feras fructifier mon argent aussi et que tu feras honneur au nom des Dubuc. Maintenant, excuse-moi, je suis très fatigué.

Paul s'approcha, prit le bras de son père, l'embrassa tendrement sur le front. Bouleversé, Godefroy éclata en sanglots. Sous cette écorce rude, se cachait depuis longtemps un homme de cœur. Paul ramena son père à sa chambre, sans mot dire, dans l'ombre du soir.

Un mois plus tard, Godefroy Dubuc rendait l'âme.

XI

DANS LA CHALEUR ÉTOUFFANTE que Montréal connaît en juillet, la terrasse du *Ritz* ne subissait pas l'assaut des bataillons d'hommes d'affaires qui s'y donnaient normalement rendez-vous durant l'année. Richard Bergeron y traînait son ennui quand Paul apparut. La conversation tourna vite à la confidence.

— Tu restes toujours enfermé chez toi, ces derniers temps, lui dit Paul. Ne me dis pas que tu penses encore à Barbara ?

— Son image est toujours tellement vivante dans ma mémoire.

— Et cette image t'aveugle. Crois-tu que Barbara serait heureuse de te voir comme ça, après tant d'années ?

— Un ressort s'est brisé. Et j'ai encore envie d'aller la retrouver...

– Tu m'as dit un jour qu'il fallait savoir reprendre pied et faire face aux problèmes. Tu es en train de te laisser détruire par le souvenir de Barbara. Tu te fais du mal, Richard, beaucoup de mal. Elle n'aurait pas aimé te voir te complaire dans la douleur.

– Tu as raison. Il faudrait que je me secoue. Mais pour les hommes de mon âge…

– Un âge qui ne t'empêche pas de faire d'autres conquêtes si tu le veux. Peut-être même d'une autre Barbara ?

– Là, mon vieux, tu exagères.

– Si je pouvais te rendre le quart de ce que tu as fait pour moi, je serais comblé. Ton bonheur est important pour moi, Richard.

– Tu me donnes des conseils, mais n'es-tu pas prisonnier toi aussi ? Tu as encore Milenka dans la peau, j'en suis certain.

– C'est vrai. Elle a été formidable pour moi. Elle m'a ouvert des horizons, elle m'a aidé à me libérer de mon milieu, elle m'a poussé à étudier. Dernièrement encore, je relisais pour la troisième fois *Le Docteur Jivago* qu'elle m'avait donné pour mes seize ans. Elle était le centre du monde pour moi. Il faut absolument que je la revoie.

Dès leurs premières rencontres, Paul avait senti chez Milenka cette faim de l'autre. Elle déployait dans les gestes amoureux une virtuosité, une sensibilité à vif qui lui venaient en ligne droite de son art. Une sensibilité qui faisait mal comme quand on respire un air si froid et si pur qu'il brûle les poumons. Elle donnait à sa tendresse une ardeur que Paul n'avait jamais retrouvée depuis. C'est cette transcendance qui enchaînait Paul à son premier amour. Il tira de sa

160

poche une photo qu'elle lui avait dédicacée et qui ne le quittait pas.

— Tu aurais peut-être un choc en la revoyant, objecta Richard.

— Possible, mais c'est plus fort que moi.

— Je sais. Les premières expériences amoureuses sont souvent marquantes. Dans une vie d'homme, il n'y a peut-être qu'un ou deux êtres comme ça qui nous font vraiment goûter l'ivresse.

— Elle sera toujours ma Milenka et je veux la revoir, ne serait-ce qu'une seule fois. Viendrais-tu avec moi au Massachusetts ? Depuis mon retour de Paris, j'ai été trop occupé pour entreprendre ce voyage. Mais, maintenant, c'est un bon moment pour partir en vacances.

— Allons-y, dit Richard. Ça nous changera les idées. J'ai besoin de réfléchir aussi. Un peu de repos ne nous fera pas de tort, tu as raison.

Milenka avait réussi à donner aux spectacles du *Canot d'or* le faste qui plaisait à Barbara. L'atmosphère du cabaret-restaurant attirait une clientèle internationale de choix. Oscar Doyle, magnat du papier qui partageait son temps entre Armor, dans le Massachusetts, où il possédait un manoir, et Montréal, où il menait ses affaires, donnait rendez-vous à ses gros clients au *Canot d'or*. Parfait gentleman, il avait entrepris de faire la cour à Milenka.

— Vous êtes seule, Milenka, lui avait dit Oscar, et la solitude me pèse à moi aussi. Venez passer une semaine à Armor. Essayons de nous découvrir.

Oscar s'était fait de plus en plus pressant. Elle s'était laissée convaincre. Au terme d'un séjour somme toute fort agréable, il n'avait pas voulu la laisser repartir. Après tout, le mariage qu'Oscar lui proposait lui apporterait finalement la stabilité qu'elle cherchait sans vouloir se l'avouer. À l'instar des dames patronnesses de l'Académie de ballet du Saguenay, qu'en d'autres temps elle abhorrait, Milenka alla s'embourgeoiser dans une localité puritaine.

Trois ans après le mariage, Oscar fut ramené sur une civière de sa partie de golf dominicale. Il était tombé comme une masse sous les yeux de ses partenaires, impuissants à le sauver. Oscar laissait à sa femme de nombreuses propriétés, dont le domaine d'Armor et un imposant compte en banque.

Elle connut une période d'abattement. Neurasthénie, disaient les médecins. Elle passait de longues heures à rêvasser sur le patio. Plus de sorties. Plus de vernissages. Plus de concerts. À peine, parfois, se jouait-elle des airs slaves au piano orphelin. Et Milenka s'était mise à boire à force d'ennui, d'oisiveté, de lassitude. Elle n'arrivait pas à accepter l'idée de vieillir seule dans le silence de ce vaste domaine.

En fait, elle n'était pas seule.

Le personnel se composait de deux jardiniers, d'un menuisier, d'une bonne et d'un chauffeur, Jack Bristols, beau garçon, costaud, mais irritable et agressif. Il avait eu des démêlés avec la justice, mais Oscar l'avait embauché quand même. Un homme fort, c'est utile et puis, dans la vie tranquille du manoir, il pouvait peut-être s'amender. Après la mort d'Oscar, Milenka n'avait changé ni le personnel ni leurs habitudes.

Un soir d'orage, en revenant de faire des courses, Milenka, plus seule et désœuvrée que jamais, avait offert un verre à Jack. Ils avaient finalement vidé la bouteille ensemble et Jack s'était retrouvé dans le lit de la patronne.

Depuis, Jack pouvait facilement obtenir des « prêts » de Milenka, qu'il lui remboursait autrement qu'en espèces. Les sommes étaient assez rondelettes : trois mille, cinq mille, six mille dollars. Milenka s'était d'abord sentie un peu coincée par le chauffeur, mais ce jeu l'avait arrachée à l'ennui. Maintenant, elle faisait marche arrière et tentait d'éviter Jack. Comment faire pour le congédier ? Qui pouvait savoir de quoi cette crapule était capable ? Une regrettable erreur de parcours, se désolait Milenka, analysant une situation sans solution apparente. Il était là, tous les jours, en marge des autres domestiques, la poursuivant de ses avances. À qui demander conseil ? À son avocat ? Au chef de police d'Armor ? Vendre le domaine ?

Un soir, pour se calmer, elle sortit sur sa terrasse qui dominait la baie. Nerveuse, angoissée, elle alluma une cigarette, réfléchissant à mi-voix. Ça valait bien la peine d'être riche, libre, pour se fourrer dans un tel guêpier avec un escroc. « Tu ne te corrigeras donc jamais ? se morigéna-t-elle. Il faudrait pourtant que j'arrive à me débarrasser de lui. » Exaspérée, elle se précipita vers sa voiture garée en face de la maison. Comme elle allait démarrer, Jack se pencha vers la portière :

– Madame désire peut-être que je la conduise quelque part ?

– Toi, fais tes paquets et disparais de cette maison ! Si tu es encore là à mon retour, j'appelle la police.

– Des menaces, princesse ? dit Jack, dans un rictus.

Milenka démarra en trombe sans plus s'inquiéter des représailles possibles.

– *Bitch* ! lui cria Jack.

Jack parla longuement de son congédiement à sa jolie petite amie aux yeux en amande qui lui donnaient un air asiatique. Tous les principes de Grazy auraient facilement tenu dans un dé à coudre. Jack et Grazy formaient une paire d'authentiques gredins, capables de toutes les vilenies.

– Y'a une façon de lui rendre la monnaie de sa pièce.

– Et comment ça, Grazy ?

– Eh bien ! creuse-toi les méninges !

Grazy tourna autour de Jack, vint s'asseoir sur ses genoux, en petite tenue.

– Cette bonne femme est riche à craquer. J'imagine que son coffret à bijoux est plus intéressant que le mien.

Jack lui emprisonna le sexe d'une main ferme.

– Toi, ton coffret à bijoux, il est là.

Elle souleva une jambe très haut et poussa un petit cri de joie.

– *Wow* ! Est-ce que la vieille a une aussi belle chatte ?

– Tu la bats à cent milles à l'heure et sur toute la ligne.

— Eh bien ! mon nounours, ça ne te donne pas une petite idée !

— On dirait qu'elle s'en vient, ricana Jack. C'est comme si elle poussait à mesure que tu parles.

Grazy se tortilla encore sur les genoux de Jack.

— Tu connais les allées et venues du personnel, alors dis-moi où chacun se trouve la nuit.

— Y reste seulement le vieux Bill qui dort dans une petite chambre au dernier étage.

— Qu'est-ce qu'il fricote, ce Bill ?

— Il est menuisier. Il s'occupe aussi de la surveillance du domaine. Comme il est porté sur la bouteille, il pique des petits sommes à tout bout de champ.

— Et le chien ? demanda Grazy. Tu m'as dit qu'elle avait un monstrueux danois.

— Il me mange dans la main. Je n'ai qu'à siffler pour qu'il se couche.

— Merveilleux, Jack ! Alors, tu te faufiles... Tu grimpes à l'étage dans la chambre que tu connais — Grazy donna un coup de poing amical à Jack — et tu marches droit vers la cachette. Au fait, tu sais où elle le cache son coffret, au moins ?

— Sais pas. J'ai du flair, je le trouverai bien.

— Tu mets les bijoux dans un grand sac et le tour est joué. Ni vu ni connu, je t'embrouille.

— Comme au cinéma, dit Jack, trouvant le scénario très drôle. Et après, ma petite cervelle ?

— Tu me réserves un caillou.

— Le plus gros sera à toi. Puis on file le plus loin possible. On change de décor. J'ai un ami à Seattle qui pourrait nous héberger. Je sais que je peux compter sur Ruby. Je lui ai rendu un ou deux petits services dans l'temps.

– Chouette ! On part en voyage ?

– Tu laisses ton job au restaurant. Prépare tes bagages, c'est parti !

– *Wow* ! Et quand attaques-tu la diligence, Billy le Kid ?

– Laisse-moi y penser.

La sonnerie du téléphone fit sursauter Milenka. Elle hésita. Jack n'avait pas donné signe de vie depuis qu'elle l'avait renvoyé.

« On verra bien », pensa-t-elle.

Elle décrocha.

– Allô... Quoi ?

Elle croyait rêver.

– C'est toi, Paul ? Paul Dubuc ? Tu appelles de Montréal ?

Une masse de souvenirs affluait d'un coup.

– Si je veux te voir ? Quelle question ! Quand arrives-tu ? Demain soir ? Avec Richard ? Mais oui, bien sûr. Oui, je vous attends tous les deux... Oui, c'est ça... À demain.

Milenka retourna s'asseoir sur la grande terrasse, le cœur battant. L'air était délicieusement doux, le ciel étoilé. Elle revoyait Paul, le petit Paul. Encore quelques heures et elle le reverrait, devenu un homme. Elle pensa un moment à Annick. Au fond, elle s'était bien amusée à Chicoutimi. Elle regarda la baie, au loin, qui berçait ses voiliers dans la nuit moite. La lune brillait entre de petites flaques de brouillard accrochées çà et là comme des toiles d'araignées argentées. La fête battait son plein à la marina et des feux de joie illuminaient la plage. Le sourire aux lèvres, Milenka s'assoupit.

Paul et Richard arrivèrent en fin d'après-midi, plus tôt que prévu.

— Paul ! cria Milenka en l'apercevant.

Le même parfum, la même impression, la même aura qu'autrefois. Il lui prit la main pour la porter à ses lèvres.

— Tu n'as pas changé, dit-il, en la dévorant des yeux.

— Si, un peu, tout de même. Je me sens légèrement déprimée par les temps qui courent. Ils se regardèrent un instant en silence. Comme il a grandi, se disait-elle en elle-même. Ce n'est plus l'adolescent d'autrefois : large de carrure, mais svelte ; et toujours aussi charmant.

Puis elle se tourna vers Richard, qui se tenait à l'écart.

— Et toi, Richard ? Comment vas-tu ?

— Le voyage m'a fait du bien.

Milenka les conduisit dans un grand salon dont les larges fenêtres s'ouvraient sur le jardin. Des pyramides de fleurs disposées dans les encoignures ajoutaient à l'élégance de la pièce. Le jardin descendait en pente douce par une suite de terrasses qui menaient à une falaise surplombant la mer. Fontaines et vasques de pierre peuplaient cet étrange domaine, à une heure de Cape Cod.

— Oscar aimait beaucoup cette maison. C'est tellement calme qu'à l'heure du déjeuner les biches de la forêt voisine viennent nous manger dans la main.

– Vous avez certainement été heureux, ici, dit Richard.

– Oui. Chacun à sa façon.

Tôt dans la soirée, après un repas léger servi dans le salon, Richard, fatigué, voulut gagner sa chambre.

– Je t'accompagne, dit Milenka en lui prenant le bras. Le manoir est tellement grand, tu risques de te perdre.

Paul sortit se promener dans le jardin. Il alla s'asseoir au bord d'une fontaine. Un papillon, tout près, se débattait les ailes ouvertes pour s'arracher à l'eau qui le tenait captif. Paul le cueillit du bout du doigt, le souleva délicatement et l'aida à s'envoler.

– Le pauvre petit allait se noyer, dit Milenka en surgissant d'un plan d'ombre.

– Lui aussi avait besoin d'aide pour prendre son envol.

Milenka détailla Paul. Il avait de l'allure, un air déterminé. Elle mit une fleur à l'échancrure de son corsage, puis fixa le ciel assombri.

– Ça fait près de quinze ans ! s'exclama-t-elle. Je me demande…

– Si je t'aime encore ? l'interrompit Paul.

– Chacun a son étoile là-haut. Tiens, la mienne est là, dit Milenka en pointant un astre d'un geste lent.

– Aurais-tu aperçu la mienne, par hasard ?

Milenka s'approcha de Paul, posa la main sur son épaule. Son éternelle mèche fugitive vint lui frôler la joue.

– Ce soir, ton étoile est à portée de la main. Tu n'as qu'à la cueillir.

Devant le grand miroir ovale qui ornait le mur près du lit, Milenka s'examina sans complaisance pendant que Paul était sous la douche. « Va-t-il me trouver grosse, déformée, enlaidie ? » Le hâle de son visage masquait mal les rides et les cernes, sa taille n'était plus aussi élancée.

Une serviette éponge en guise de pagne, Paul parut dans l'embrasure de la porte. Une goutte d'eau traçait un sillon sur sa poitrine velue. Milenka sourit. Elle s'était inquiétée pour rien car il vint vers elle, la prit tendrement dans ses bras. Il regardait fixement ce beau visage mûri, cette bouche tant embrassée. Comme deux nageurs de fond, ils glissèrent, langoureux, sur la moquette. Puis, ils se dirigèrent vers le lit, serrés l'un contre l'autre. Il se mit à la couvrir de baisers comme s'il eût été encore amoureux fou d'elle. Milenka céda l'initiative à ce partenaire décidément en grande forme. Ce n'était plus le poulain timide qu'elle avait initié au plaisir. Paul revenait comme un pur-sang fougueux. Ils se répandirent en une paix limpide, comme une feuille à la surface de l'étang.

Vers minuit, Jack s'introduisit sans peine dans le domaine. Il connaissait la propriété comme sa poche. Après avoir monté l'allée qui débouchait sur la porte réservée aux livraisons, il s'approcha de la maison en rasant les murs jusqu'aux garages. La Saab sport de Milenka n'y était pas. Deux autres voitures cependant : la Chrysler d'Oscar dont Milenka se servait encore parfois et une BMW bleue qu'il ne connaissait pas. Des visiteurs sans doute. « Peu importe, pourvu que le manoir soit désert », pensa-t-il. Le chien danois qui errait en liberté s'avança vers Jack, renifla et alla s'étendre en face de la remise. Jack poursuivit son chemin en sifflotant tout bas, se disant que tout concourait à lui faciliter la tâche.

Jack pénétra dans la maison par une entrée de service. Il longea un corridor et déboucha bientôt dans le hall. Il se dirigea vers le long escalier central, grimpa les marches moelleusement tapissées et atteignit l'étage. Il traversa la mezzanine et arriva devant la chambre de Milenka. Il écouta, puis poussa la porte et la referma doucement.

Il éclaira du faisceau de sa lampe de poche la chambre richement meublée, très vaste, luxueusement confortable. Le lit se détachait au fond de la pièce. « Elle baisait bien, pensa Jack, et elle ne manquait pas d'imagination… » Il suivit des yeux les rayons de la lampe de poche. Les vases chinois, les sculptures, les tableaux qui se trouvaient là valaient à eux seuls une fortune. Pas question de se trimbaler avec une telle charge. « Tant pis, se dit Jack. J'aurais bien aimé jouer un coup de vache à la vieille, elle qui tient tant à sa quincaillerie. »

Il crut entendre du bruit. Il éteignit sa lampe de poche et retint son souffle. Tout allait peut-être trop bien. Il fallait faire attention. Il ralluma la lampe et s'approcha d'une commode encastrée dans le mur. Les tiroirs de la commode étaient télécommandés. Jack avait vu déjà comment Milenka procédait. Elle avait le bras allongé vers la droite du lit quand le mécanisme ouvrant la base du meuble se déclenchait. Le souvenir était à la fois clair et imprécis. Jack ferma les yeux, tenta de faire parler sa mémoire, de lui faire céder les détails dont il avait besoin.

Impossible. Il se dirigea vers le lit, tripota de la main la paroi.

Il se redressa, s'assit, braqua la lampe de poche sur la tête du lit et se mit à tâter. Rien sur la surface. Il éclaira derrière le lit, se pencha, éclaira en dessous, palpant, appuyant partout, centimètre par centimètre.

Toujours rien. L'heure passait.

Pendant ce temps, Paul regagnait la résidence de Milenka, frustré, agacé. Richard et Milenka passaient tout leur temps ensemble. Ils faisaient des randonnées en voiture, de l'équitation. Ils jouaient au tennis. Paul faisait des projets devant les réunir tous les trois, et le lendemain Milenka changeait d'idée, proposant à Richard une activité différente. Les retrouvailles n'avaient pas été ce que Paul en avait espéré. Milenka lui avait laissé entendre qu'elle préférait qu'ils restent amis, prétextant que « l'amitié est souvent plus durable que l'amour ». Richard, lui, acceptait les propositions de Milenka sans trop se préoccuper de son cousin. « Je vais mieux parce qu'il y a ici une femme qui m'aime », avouait-il candidement à Paul, qui s'en voulait de n'avoir pas prévu le coup. « Pauvre idiot », pensait-il.

Une chaude pluie tombait à grosses gouttes. Paul s'attarda le long de la grande allée qui conduisait à la maison. Tout comme les autres nuits, il n'allait probablement pas pouvoir s'endormir avant que Milenka et Richard ne reviennent. Tard.

Dans la chambre de Milenka, Jack fulminait. Il n'avait toujours pas réussi à trouver la commande qui ouvrait la base de la commode.

Le faisceau lumineux suivit la paroi du lit.

— *Dammit* !

Il revint vers la commode.

– Essayons encore...

Il marcha rapidement vers le meuble et s'agenouilla en éclairant la base de marbre. Pas de fissure, pas de bouton, rien. Il commença à explorer la base de sa main libre.

– Tu vas céder, saleté !

Il se releva, hors de lui, en jurant et en frappant le meuble avec son pied. Il se dirigea vers une autre commode près de la fenêtre. Il ouvrit les tiroirs et se mit à fouiller en jetant le linge par terre autour de lui. Puis, il la fit basculer en entraînant les bibelots qui se trouvaient dessus.

Paul avait gravi la moitié du grand escalier du hall quand il s'arrêta net, interdit. Du bruit venait de la chambre de Milenka. À pas feutrés, l'oreille tendue, il grimpa l'escalier et se dirigea vers la pièce. Il poussa la porte et actionna le commutateur. Jack, occupé à ausculter la commode, n'avait rien entendu. Il se leva d'un bond quand la lumière inonda la chambre. Les deux hommes, face à face, se mesuraient du regard.

Jack, la lampe de poche à la main, avait déjà repris son sang-froid. Il savait d'expérience que les plus inoffensifs imbéciles peuvent, dans la situation où se trouvait le type qui venait d'entrer, devenir des bêtes dangereuses et imprévisibles.

La jambe nerveuse, Paul s'entendit hurler : « Que faites-vous ici ? » Il regardait les vêtements éparpillés, la commode éventrée. Fixant toujours l'intrus, il referma violemment la porte derrière lui. Jack projeta le faisceau de sa lampe de poche dans les yeux de Paul.

Une rage meurtrière s'empara de Paul. Il se précipita droit devant, tête baissée, prenant Jack par surprise. Il frappait des pieds, des poings. Il avait le senti-ment qu'il pouvait tuer ; il frappait, frappait, mû par une force, une brutalité, une vigueur irrésistibles. Il se retrouva bientôt à cheval sur le voyou. Il cognait comme un forcené. Le sang coulait sur le visage de Jack.

Il s'arrêta enfin, épuisé, en nage, les mains gluantes. La crapule, sous lui, geignait en bougeant de gauche à droite, la figure en sang. Paul se releva, hale-tant, les jambes flageolantes. Il essuya ses mains sur sa chemise, les passa sur son visage comme s'il se cher-chait. Par terre, l'homme gémissait toujours. Paul regretta de ne pas l'avoir tué.

– Qui es-tu ? hurla-t-il.

– *Fuck it* ! Salaud ! Jack cracha une giclée de sang en prenant appui sur le bord du lit. J'étais son chauf-feur. Elle m'a mis à la porte. J'ai couché avec... *the lady*, ici, continua-t-il en frappant l'édredon du lit de sa main sale et tachée de sang.

Paul restait immobile, abasourdi.

– Tout le monde couche avec tout le monde, sur-tout Mrs. Doyle, y'a rien là. Jack se pencha en grima-çant, ramassa la lampe de poche toujours allumée, contourna Paul prestement. Tu peux lui demander des détails, si ça t'intéresse...

Paul ne bougeait pas. Il fixait la commode, les yeux hagards. Il avait l'impression de se réveiller d'un cauchemar. De revenir d'un autre monde. Un monde où l'on pouvait tuer, voler. Un univers dangereux, insondable, sans lois. Il resta interdit un long moment. Puis il se retourna brusquement, ouvrit la bouche pour parler.

Jack avait disparu.

Il s'appuya contre le mur, se laissa glisser lentement et s'assit par terre, la tête vide, le front sur les genoux. Troublé, il ne savait plus que penser. Fallait-il que Milenka soit devenue faible et médiocre comme ces femmes esseulées qui, en se mentant sur leur âge, perdent leur dignité ? Ne pourra-t-il jamais aimer sans se voir trahi ? Jaloux de l'intérêt que Milenka portait à Richard, Paul ne supportait pas plus la révélation de l'ancien chauffeur. La blessure était trop vive, l'affront trop cuisant. Il se sentait flotter dans le vide, ne ressentant qu'une vague nausée et comme une étrange absence de limites. Il éprouvait une douleur semblable à celle qu'il avait connue autrefois quand il avait surpris Milenka et Annick en train de faire l'amour dans la chambre de sa cousine.

Peu à peu, il se ressaisit. Que savait-il au fond de Milenka, de ce qu'elle était devenue ? Déjà, au Pied-du-Cap, on lui prêtait une existence aventureuse. Ses sentiments étaient-ils si nobles ou n'était-ce pas plutôt la peur de brûler les derniers ponts qui le reliaient à son premier amour ?

Cette prise de conscience le délivra d'un poids. Comme si on lui avait arraché un manteau qui pesait lourdement sur son corps depuis dix ans et dont il ne soupçonnait l'origine. Pour la première fois de sa vie, autant qu'il s'en souvienne, il se sentait lui-même, d'abord lui-même. C'était comme s'il avait brisé la coque d'un œuf qui le tenait replié sur soi, sur ses illusions, à l'écart du monde depuis sa naissance. Il se sentait léger, habité d'une nouvelle paix intérieure. Il se sentait maître de lui, maître de l'univers. Il songea que dorénavant son bonheur ne dépendrait jamais que de lui.

Il alla s'étendre tout habillé dans sa chambre. Il s'endormit tard dans la nuit. Quand il s'éveilla, l'aurore commençait à poindre. Sa chemise était sale. Il avait du sang séché sur les mains, sur les joues, sur le front. Il se déshabilla et alla prendre une douche dans la salle de bains attenante avant de passer des vêtements propres. La maison était silencieuse. Il se surprit à siffloter. Un air vif traversait la fenêtre ouverte. Paul laissa voguer son regard vers la marina où les premières sirènes lançaient leur appel.

Il était temps de partir, il fallait qu'il disparaisse, qu'il laisse cette femme à sa vie. Richard réussirait sans doute à la rendre heureuse. Milenka était peut-être aussi pour Richard une planche de salut. Une femme qui veut vivre, désespérément, exerce un charme puissant. « Le séjour à Armor aura été court », se dit-il en se remettant à siffler.

— On est joyeux ce matin, dit Richard qui s'avançait vers Paul les yeux brillants de malice. C'est joli, le chant du pinson.

— Pardon ?

— Tu imitais le chant du *Frédéric* : « Cachhh' – ton – pic – Fré – dé – ric – Fré – dé – ric... »

— Ah oui ? Je ne m'en étais pas aperçu. Où est Milenka ?

— Dans ma chambre, répondit Richard. La sienne est complètement sens dessus dessous. Elle pense que c'est son ancien chauffeur qui...

— Oui, dit Paul d'une voix neutre et calme comme un grand blessé enfin hors de danger. Je suis au courant.

Il regardait distraitement par la fenêtre les voiliers qui s'éloignaient de la marina. Soudain, cette bagarre minable, son acharnement à frapper, ce goût de tuer qui l'avait envahi quelques heures plus tôt, lui firent horreur.

– Je raconterai une autre fois à Milenka ce qui s'est passé. Je préfère ne pas en parler pour l'instant.

– J'ai décidé de prolonger mon séjour. Je crois bien que je suis en amour avec Milenka, dit Richard avec une assurance tranquille.

– Je ne suis pas surpris. Au fond, Milenka, c'est ce qui pouvait t'arriver de mieux. Prends bien soin d'elle.

Paul sortit faire une dernière promenade du côté du terrain de golf encore éclairé par de puissants projecteurs. Des balles phosphorescentes jonchaient le green sombre. Un parfum capiteux, une odeur de terroir, montait du bosquet qui longeait la route le ramenant au manoir. Seul le chant des oiseaux troublait le silence. Paul cueillit un bouquet de fleurs dans le jardin où perlait encore la rosée du petit matin. Il goûtait l'intense satisfaction de se sentir fort et décidé.

Tranquillement, il regagna sa chambre, ferma ses bagages et redescendit dans le hall, sa valise d'une main, son bouquet de fleurs de l'autre.

Milenka était là, debout, près de la porte.

– C'est pour moi, les fleurs ?

– Comme toujours, fit Paul en lui présentant le bouquet.

– Merci, mon grand, fit Milenka en pressant les fleurs contre elle. Tu es tellement gentil. Tu nous quittes comme ça ?

– Oui. Il ne faut pas rester accroché aux souvenirs.

Milenka fit semblant de ne pas entendre.

Paul avait hâte de partir.

– Tu me donneras de tes nouvelles de temps en temps ?

– Promis, dit-il, en s'avançant vers elle pour l'embrasser. Je vais t'écrire.

Richard les rejoignit à l'entrée des garages. Après un dernier au revoir, Paul jeta sa valise sur la banquette arrière et démarra.

Milenka et Richard lui firent un signe d'adieu tandis que la voiture s'éloignait, faisant jaillir des gerbes d'eau. Milenka recula d'un pas, son visage marqué d'un tout petit sourire. Paul sortit le bras de la voiture et les salua à son tour. La voiture disparut dans la longue allée.

Richard et Milenka gravirent ensemble les marches du perron.

Le cœur léger, Paul fonçait à toute allure vers le Québec.

Il roulait depuis près de quatre heures quand il décida de s'arrêter dans un village pour faire le plein, avant la frontière. Il sortit prendre l'air pendant que le préposé s'affairait autour de la voiture. Il se dirigea vers un comptoir à ciel ouvert et commanda un café.

– Bonjour ! fit une voix non loin de lui.

Paul se retourna, étonné. Une jeune femme blonde aux yeux bleus l'observait. Elle était vêtue d'un chemisier rose et d'un pantalon de toile blanc. Quand Paul s'était tourné vers elle, elle l'avait regardé en souriant. Maintenant, elle semblait hésiter.

– Je m'excuse. Je vous ai pris pour quelqu'un d'autre…

– Ça n'a pas d'importance, mais j'ai l'impression de vous avoir déjà vue quelque part.

– Ah! moi aussi! dit la jeune femme. On a tous un sosie, paraît-il. Je suis étudiante à l'Université du Québec à Montréal. Je reviens de vacances. La voiture de mes amis nous a lâchés pas loin d'ici. J'en avais assez d'attendre. Vous allez vers Montréal?

– Je peux vous amener.

– Formidable!

– Je m'appelle Paul Dubuc, dit-il en ramenant sa voiture sur la route. Et vous?

– Isabelle. Enfin une voiture fiable! En tout cas, c'est une chance que vous m'ayez prise à bord, il y avait au moins une heure que je me morfondais. C'est la première fois que je fais du pouce.

– Qu'est-ce qui vous dit que vous n'êtes pas tombée sur un cambrioleur en fuite ou sur un voleur de voiture?

– De toute manière, avec tout ce qui arrive de nos jours, on doit se méfier autant des femmes que des hommes. Qu'est-ce qui vous dit que je n'ai pas une arme dans mon sac?

– Les femmes ont toujours une arme en réserve.

Elle se tourna vers Paul avec un sourire goguenard.

– C'est du Freud appris par cœur, ça?

– Du Freud? Je ne vois pas le rapport.

– L'arme, le pouvoir séducteur de la femme. C'est d'une évidence!

– Ah! Je ne connais pas grand-chose à la psychanalyse!

– Aucune importance, dit la jeune fille en allongeant les jambes et en s'adossant confortablement au dossier de la banquette. Ne faites pas attention; ça doit être mes lectures de vacances qui sont encore trop fraîches. Je disais ça parce qu'en septembre j'étudie en littérature l'« approche psychanalytique ».

– Bien trop sérieux pour moi! Aujourd'hui, j'ai envie de chanter et de m'amuser. Votre nom me rappelle une chanson, dit Paul. Il fredonna :

Isabeau s'y promène,
Le long de son jardin,
Le long de son jardin,
Sur le bord de l'île,
Le long de son jardin,
Sur le bord de l'eau,
Sur le bord du vaisseau.
Elle fit une rencontre...

Il s'interrompit.

– Vous avez une belle voix, mais on ne peut pas dire que vous soyez d'une originalité à tout casser. C'est comme ce gars rose, devenu féministe enragé, qui avait fini par me faire un compliment, un lapsus sans doute. Il m'avait dit qu'il aimait mon regard. J'avais envie de me faire dire autre chose... Quand je lui ai avoué, il m'a traitée de sexiste.

– Qu'est-ce que vous avez répondu ?

– « C'est vrai. » Je ne l'ai jamais revu. J'ai su par la suite qu'il avait fait une dépression.

– Et ma chanson, vous ne l'aimez pas ?

– Je connais, c'est joli, mais j'aime mieux le reggae, ou *Carmen,* ou les Beatles.

– C'est ma cousine Annick qui me l'a apprise. On chantait ça ensemble des fois en allant aux bleuets.

La silhouette d'Annick glissa furtivement dans la mémoire de Paul. Il revit le rang du P'tit Brûlé. Sa main toute huileuse d'insecticide.

– Tout le monde a déjà chanté *Isabeau*. En tout cas, moi, quand j'étais pensionnaire chez les sœurs, dit la jeune fille. On se tapait tout le folklore québécois.

Plus ils roulaient, plus il avait envie de connaître sa passagère. Les arbres défilaient de chaque côté comme une plantation de céleris.

– Nous arrivons à Magog. Si on prenait une bouchée ?

– Avec plaisir, je meurs de faim.

Après un club sandwich à l'*Auberge de l'étoile*, ils reprirent vite la route, roulèrent dans le soleil. Insouciants, ils passaient d'un sujet à l'autre, avec des pauses prolongées et des reprises incertaines. Une sorte de gaieté soulagée émanait de Paul : il avait envie de faire des bêtises, de rire, de dire n'importe quoi. Il osa prendre la main de la voyageuse. Comme l'aurait fait Milenka quinze ans plus tôt.

– Vous avez un genre de beauté qui me plaît.

Elle lui répondit par une légère pression des doigts.

Les gratte-ciel de Montréal pointaient à l'horizon.

– Que diriez-vous de souper avec moi ?

– Je ne sais pas si je devrais, on se connaît à peine, répondit-elle d'une voix douce qui ne cachait pas son assentiment.

– Sentez-vous bien à l'aise. Si ce n'est pas ce soir, ça pourrait être une autre fois. J'ai toute la vie devant moi.

Paul jeta à la jeune fille un coup d'œil en coin, mais n'osa plus parler. Il pensa que la vie, c'est comme des vagues. On subit les contrecoups du ressac, puis la mer se calme et elle nous attire à nouveau.

— Après tout, pourquoi pas ? finit par dire Isabelle. Le paysage est si beau qu'on a envie d'y entrer.

Spontanément, elle lui déposa un baiser sur la joue, tendrement, du bout des lèvres. Elle pensa que c'était là le genre d'homme que les femmes ne peuvent s'empêcher d'aimer.

Composition et mise en page :
Éditions Vents d'Ouest (1993) Inc.
Hull

Négatifs de la page couverture :
Imprimerie Gauvin Ltée
Hull

Impression et reliure :
AGMV. inc.
Cap Saint-Ignace

Achevé d'imprimer en janvier
mil neuf cent quatre-vingt-quinze

Imprimé au Canada